東日本大震災・福島の10年　小・中学生文集

ふくしまの子どもたち

はじめに

２０１１年3月11日、私は福島県大熊町の自宅で、東日本大震災と原子力発電所事故の多重災害に遭いました。激しい揺れの後の大きな津波を体験した時は、もう全ての日常生活は破壊され終わってしまったとさえ思いました。津波により多くの人の命が奪われ、さらに原子力発電所のメルトダウンと水素爆発で、全ての財産や命ある家畜やペットを置き去りにして、双葉地方の町村から避難せざるを得ない状況になりました。

それから何年もの間、見知らぬ土地でゼロからの避難生活が始まりました。

大人達が不安を抱き途方に暮れていたとき、多くの子どもたちもまた、大人以上に自分のこれからの生活に恐怖を感じるほどの衝撃を抱いていたのです。

そのような子どもの内面に寄り添える方法はないかと考えていました。

縁があって、生命の源である『水』をテーマに小中学生に体験したことをもとにした創作文を募集して、命や自然の大切さを考えてもらおうという事業、ざぶん賞実行委員会（実行委員長・月尾嘉男、選考委員長・安部龍太郎）に参加する機会を頂きました。

早速、２０１３年福島県の実行委員会立ち上げをしました。大きな災害を経験した福島の子どもたちには、これから未来に向けて夢を持ってもらいたいという願いを込めて、「ゆめ・ざぶん賞福島実行委員会」と命名しました。表現する事により心の中の言いようのない重石を少しでも軽くするきっかけになることを願い、しいては、生きる力も育んでほしいと思ったのです。

メンバーは、双葉地方から避難している教員時代の同僚や教え子と保護者、避難先福島市で知り合った協力者の13名で発足しました。

「縁」とは不思議なもので、ざぶん賞の活動を通して、多くの人と心のリレーをし「子どもたちに寄り添う」というバトンを次々と手渡しながら、支援の輪が広がりました。

活動資金の支援を担ってくれた社団法人・原発被災子ども若者支援機構「たまきはる福島基金」、日本教育公務員弘済会福島支部、株式会社いわきをはじめとした多数の企業、そして、活動共催として、福島市教育委員会、伊達市教育委員会、二本松市教育委員会、新地町教育委員会、大熊町教育委員会、葛尾村教育委員会、川内村の団体が、全面的に応援をしてくださいました。一年を通して、応募の推進をしていただき、各団体の賞も設けて一人でも多くの子どもたちを讃える担い手になっていただきました。特別協力として、海上保安庁福島海上保安部、後援としては、福島県、福島市、福島県教育委員会、県内テレビ局とラジオ福島各社が支援してくれました。

発足初年度の応募数は、495点でしたが、募集広報活動を強化し各教育委員会の後押しで地道に各学校に呼びかけをしたところ、徐々に応募者が増加して、8年後の2020年度は、1174点の作品の応募となりました。

毎年、一生懸命に取り組んだ手書きの原稿用紙の文字をとおして、児童生徒の姿や心根までもが伝わってきました。パソコンやスマートフォンが主流になりつつある現在、相手に読んでもらえるという目標を持って、白紙に一字一字自分の思いを書き込んだ文章には何とも言えないぬくもりを感じていました。

活動した２０１３年から２０２０年までの８年間に、応募学校数４７１校、応募者数７０３２名の小中学生が参加したのです。

複合災害という大きな災害を体験した子どもたちが表現する作品には、読む人の心に訴える力があり、感動すると共に夢と希望も受け取ることができます。

真摯な気持ちで表現した作品には、沢山の勇気のようなエネルギーがギュウーと詰め込まれて、読む人に力を与えてくれます。

夏にできた桜の花芽は、厳しい冬の寒さに耐えてこそ、春に見事な花を咲かせると言われていますが、辛い災害を経験した福島の子どもたちが、困難に打ち勝つ生きる力を備え、自然の生命力の強さと復元力などを学び、「元気に」「前向きに」「力強く」生きることの大切さに気づいて、力の限り生きていってほしいと強く願っています。

そして、日本や世界各地の自然環境を守り、深刻な環境問題解決の担い手になっていってほしいと願っています。

これからも、福島の子どもたちと共に「ゆめ」を育んで参りたいと思っておりましたが、コロナ禍の影響と諸事情により、全国ざぶん賞本部の作文応募一時休止を受けて、ゆめ・ざぶん賞福島実行委員会の活動を終了させていただくことになりました。

毎年、応募作品をパソコンで入力して印刷し表紙を付けて応募者全員に「ざぶん大使認定証」として返還していました。小中学生がざぶん賞応募経験の足跡を、記憶の片隅に置きつづけて成長し、将来社会に貢献するようになっていたら、とてもうれしいです。

そのパソコン入力作業のボランティア活動に、8年間協力してくれた高校生の皆さんがいました。福島県立福島商業高等学校、福島県立福島南高等学校、福島県立保原高等学校、福島東稜高等学校の生徒の皆さん、さらに、桜の聖母短期大学の学生の皆さん、ご協力ありがとうございました。

毎年、イベントにも快く参加していただいた県および各市町村の教育委員会、小中学校、高校の先生方、サポーターとして活動を支えてくださいました県民の皆様、団体企業の皆様に、心より感謝申し上げます。

本の制作へ背中を押し、さらにご支援をいただいた株式会社遊行社本間千枝子氏に心から御礼申し上げます。そして、共に支えてくださいました実行委員と選考委員の皆様、発足より常に伴走してくれた事務局長荒盛一に感謝です。また、イベントボランティアとして毎年参加してくださった地域の皆様のご支援とご協力に感謝いたします。

未来に夢を持つ子どもたちのためにと、笑顔にあふれた信頼する仲間と共に活動できた8年間は、私たちがとても幸せで充実した時間を持てました。ありがとうございました。

令和三年五月吉日

荒　由利子

もくじ

小学生の部

2018年

2019年

2020年

中学生の部

2016年

2018年

2017年

第1章

小学生の部

2011年

おれはシャンプーがきらいだ

8の倍数しか洗わない
おかあさんは「せめて5の倍数で洗え」って言う
5日、10日、15日、6回も?

おかあさん、それじゃあエコじゃないよ
水もシャンプー買うお金ももったいないよ

今、おれは毎日シャンプーしてる
ほうしゃのうを落とさないと
毎日洗わないと死んじゃう気がするから

ふつうの人だった時も
ひなんみんになってからも
おれはシャンプーがきらいだ

稲垣颯一郎(秋田県横手市立増田小学校4年)
*福島県浪江町から避難を余儀なくされた
ざぶん大賞

ぼくの大すきな海

ぼくの大すきな海
すなで作ったおにぎりも
いっしょうけんめいほった池も
全部波が食べてしまう
ざぶん
でもぼくは海が大すき

ぼくの大すきな海
波をジャンプする
波をおふとんにする
とっても気持ちいい

ざぶん
時どき頭までぬれてしまう
でもぼくは海が大すき

僕の大すきな海
今年は海に会えない
波の音も
海のにおいも
まぶしい太ようの光も
全部わすれてしまいそう
ざぶん
ざぶん
かみさまおねがい
ぼくの大すきな海で遊ばせて
だって
ぼくは海が大すきだから

中村　一貴（福島市立福島第三小学校３年）
特別賞

2012年

元にもどった水

二〇十一年三月十一日、東日本大しんさいがありました。その時、ぼくは下校のと中でした。はじめは、グラッときてだんだん強くなりました。ふみ切りの近くの古い家がくずれるのを見て、こわくなりました。ぼくは、「お父さんのお店は大じょうぶかな」と心ぱいになりました。お母さんや、お兄ちゃんにも会いたくなりました。お母さんがむかえに来てくれて、家に帰った後も、よしんがつづいていました。でも家族といっしょだったので、少しあん心でした。

この地しんで水道がつかえなくなりました。水がないと、水がのめない、おふろにも入れない、食きもあらえない、せんたくもできないので、生きていけません。その時、よし間のおばあちゃんから、電話がありました。
「家の近くできれいな水が流れているから、とりにおいで」
と教えてくれました。お父さんとお兄ちゃんとぼくで、水をくみに行きました。なるべく多くのタンクや、ペットボトルに水をくみました。ぼくは、水があってよかったなあと思いました。この水は体をふいたり、トイレを流す時につかいました。食きは、なるべくラップをして、よごさないようにして、きちょうな水を大切にしました。のむ水は、買ってあった水をのみました。

ぼくの家は、ラーメン屋です。水が出なくなったので、スープを作ることもできなくなって、お父さんは、し事もできなくなってしまいました。ぼくは、お父さんがいつも家にいてくれて、うれしかったけれど、お父さんのラーメンが食べられなくなるのは、さびしいと思いました。

水が出なくなって二日がたちました。おふろに入れなくなって、体をふいていたけれど、ぼくはひふが弱いので、体がカサカサになって、赤いボツボツも出てきました。すると、お父さんとお母さんが話し合って、川さきのおばあちゃんの家にひなんすることになりました。高速道路がつかえなかったり、ぼくたちのほかにも、ひなんする人がいたので、道路はじゅうたいしていて、川さきのおばあちゃんの家まで、八時間かかりました。

おばあちゃんの家についたのは、朝の四時ごろだったけれど、おばあちゃんは、あたたかいおふろをわかして、まっていてくれました。そのおふろに入った時、ぼくはほっとして、とても気もちいいなあと思いました。そして、水の大切さをあらためてかんじました。

二週間後に、いわきで水が出るようになったと、れんらくがきたので、家に帰ることにしました。水道のふっきゅうのために、たくさんの人がはたらいてくれて、こんなに早くいわきに帰れて、よかったです。家に帰ると、水は元どおりに出るようになっていて、お父さんのお店も、できるようになりました。

ぼくは、この体けんをとおして、水を今までい上に大切にしようと思いました。

久米島の海との出会い

首藤　瑛太（いわき市立平第一小学校３年）
準ざぶん大賞

久米島の海に行った。ぼくが住む福島の海では考えられないほど、きれいでおだやかな海だった。今まで見た中で一番美しい海だ。

最初に気づいたことは、深さで海の色がちがうことだ。満潮のときは、水色、青、あい色に分かれていて、こくなればこくなるほど深くなる。もう一つ気づいたことがある。それは海の底まで見えるほど水がきれいなことだ。青くて深い所でも底が見えた。すんだ、とう明で水の中とは思えないほどだった。キラキラと光っていた。

何よりもおどろいたことは、魚がたくさんいたことだ。久米島の海はサンゴしょうが多く、そこを住みかにしている魚が多い。大きい魚もいれば小さい魚もいて、海の中はまるでりゅう宮城のように平和な所だった。

だが、少し気になることもあった。それは、どこの砂浜でも問題になっているように、ゴミがあることだ。このゴミはぼくたち人間が捨てたにちがいない。そのごみが海に入れば、海がどんどんよごれ、魚たちもサンゴしょうも死んでしまうだろう。少しの気のゆるみで捨てたゴミが大変なことになると思うと、ぼくはとても怖くなる。久米島の海にはもう一つ困ったことがある。それは、畑の赤土が台風になると海に流れてくることだ。なぜそれがダメかというと、赤土にはそれをきらう生き物がいるからだ。サンゴしょうだ。サンゴしょうはこの赤土で死んでしまうことがある。畑を耕し作物を作ることも大切な仕事だ。人が生きるために、必要な食べ物を作るからだ。赤土の問題は少しでもよい方法が見つかればいいと思う。

　海は人と同じように生きている。ぼくたちがよごした海をもとにもどさなければいけない。努力を重ねれば、勉強ができるようになるのと同じように、海もだんだんもとの姿にもどるだろう。日本の海も世界の海も一番困っているのはゴミだ。ゴミのない海にすれば海も喜び、そのとき初めて海と心が分かり合えるようになるだろう。ぼくはそんな海を目指している。

　ぼくは久米島の海に出会い、海や山、動物や植物は人と同じように生きていて、それぞれが思いやることの大切さを感じた。ぼくたち人間が、自然をもっと大切にしてあげられたら、自然はぼくらに美しい海や山、おいしい水や食べ物を恵んでくれるはずだ。

　そして、もう一つ考えさせられたことがある。ぼくの住む福島の海や山は原発事故でよごれてしまった。ぼくたちも放射能の不安を感じながら生活している。でも、本当に困って泣いているのは、海や山、動物や植物なのかもしれない。これからたくさんの年月がかかると思うが、ぼくらの力で福島の自然を取りもどす努力をして欲しいと、久米島の海にたのまれた気がする。そして、美しい海を見ていたら、その勇気がわいてきた。ぼくは、久米島の海との出会いに感謝している。

鈴木　康平（いわき市立中央台東小学校６年）
ざぶん環境賞

雪うさぎ

私の家の近くを流れる荒川は、今年も水質調査日本一になりました。橋の上から川をのぞくと、まるで絵の具で染めたように、川が青色に見えます。ここ荒川では、春になると、川沿いを走る約二百本の桜の木が一せいに花を咲かせ、たくさんの人を笑顔にします。そして、西側に見える吾妻小富士には、雪うさぎが現れ、山のふもとでも桜、桃、梨、りんごときれいな花を咲かせていきます。吾妻小富士は、標高一七〇七メートルの山で、私達が住む福島市からは、富士山の山頂のように見えると言われているとても美しい山です。

雪うさぎは別名、種まきうさぎと言い、このうさぎが現れると、農家では苗代に種をまき始めます。雪うさぎが、春が来たことを知らせてくれるのです。

夏になれば、果物がたくさん実ります。福島市は、果物の生産が盛んな地域です。山が、たくさんのめぐみをもたらしてくれます。

秋、家族で吾妻小富士に登りました。紅葉に色づくスカイラインを車で走ります。山頂に近づくにつれ山肌が現れ、硫黄のにおいがしてきました。山からは、白い噴煙が立ち上がります。山道を見下ろせば、車がミニカーのようにつながっています。山の天気は変わりやすく、途中雨が降り出しました。すると、雨上がりの空に虹がかかりました。切れることのない光の帯は、福島市をまたぐように姿を見せたのです。その時の光景が、強く心に残っています。ちゅう車場からは、あるいて山頂を目指します。

「もうすぐだよ」

はげまし合いながら急な階段を上がりきると、目の前に絵本のような世界が広がりました。ぽっかり開いた穴の周りを一周すれば、三百六十度の大パノラマです。山は、感動を与えてくれます。

そして冬、山にはまた、たくさんの雪がつもります。山は、私達に色々な事を教え、与えてくれます。山から流れ出す水は、私達の生活を支え豊かにしてくれます。ここで生まれた山水も荒川へと流れ、すべての生きる源になるのです。これからも、ずっとこの景色が見られるように、自然を大切にしていきたいです。五十年後の春も、吾妻小富士の雪うさぎに会えるように。

松本　陽菜乃（ひなの）
（福島市立野田小学校６年）
特別賞

2013年

楽しい海

今年の夏休みに家族でおきなわに行きました。

その中で一番楽しかったことは、シュノーケルをつけてもぐってあそんだことです。お父さんと魚を見ました。おきなわに行く前の日、おふろで、お父さんと弟で練習しました。はじめてだったけど、楽しそうだったので言われた通りにやってみると上手にできました。海にもぐってみると、はじめはなかなかみつかりませんでした。しばらくすると、お父さんの手のひらくらいの魚がいて、

「わあ。大きい」

と思いました。もっともっと見ていたくてまたもぐってみたら、お父さんの足に魚がさわりそうでした。小さくて青い魚を見ました。むちゅうになっておよいでいたら、あっというまに夕がたになってしまいました。

シュノーケルをとろうとしたら、水が口の中に入りました。のどが少しいたくなりました。目をこするといたかったです。

そして、いわきの海とはちがい、おきなわの海は、なみがあんまりありません。いわきの海はザブン、ザブン、と大きな波です。どうして、おきなわの海はきれいなのかと調べてみました。

「さんごしょう」というのが海にあって、太陽の光をはんしゃするから、生活しているきたない水が少ないからだとも書いてありました。

「だからおきなわの海はキレイなんだな―」と思いました。きたない水が少ないままキレイな海でいてほしいです。

丹野　陽菜（はるな）（福島県立聾学校平分校3年）

うみまる福島賞

安積そ水から学ぶ

ぼくが安積そ水について調べようとおもった理由は、「夏休みの友」に安積そ水の話がのっていて、もっとくわしく知りたかったからです。

ぼくのお母さんは、郡山の出身なので、このことを話すと、郡山に開成館というし料館があるので、見学に行こうと言って連れて行ってくれました。

まず最初にし料館のまわりを見学しました。開たく者が住んでいた家などがあり、その当時のくらしがよくわかりました。その先に開成館がありました。明治七年に、郡山のしょく人たちによって洋風の建てものをまねて、建てられたもので、安積開たくのじむ所もおかれていました。中はとても広くて三階建てのりっぱな建物でした。

ぼくは、なぜ当時の郡山で水が不足していたのか、そしてどのようにかい決したのか、調べました。

明治のころの郡山は、あれ地が多くて田んぼや畑がすくなかったそうです。また、全国的にも雨の量が少なく、ため池やせきを作って水をためていましたが、その水をめぐって、昔から争いがたえなかったのです。

ぼくの知っている郡山は、田んぼや畑も多く、おばあちゃんの家の近くには、阿武隈川が流れています。ぼくは、たんじゅんに、阿武隈川から水を引いてくればいいのにと思いました。でも阿武隈川は、水面がひくすぎて利用することができなかったのです。そこで目をつけたのが猪苗代湖です。

猪苗代湖の水を引く計画は、江戸時代からあったそうです。その時は、会津はんからきょ可がおりませんでした。明治に入ってようやく、国の計画として、安積平野の開たくが始まりました。平野に猪苗代湖の水を取り入れる安積そ水を作るために、全国から大ぜいの人が開たく者として集まってきました。オランダからは、ぎじゅつ者として、ファン・ドールンという人も参加しています。

ぼくは、猪苗代湖にも遊びにいったことがあります。郡山から湖までは、三十数Ｋｍあります。このきょりに水を引くのは、大変だなあと思いました。

なぜこのように水が引けたかというと、猪苗代湖の高さは五百十四メートル、それに対して、郡山市は、二百五十メートルの高さにあるので、水が流れるのにちょうどいい高さなのです。これは、自ぜんがあたえてくれた最大のおんけいだと書いてありました。ぼくもなるほどと思いました。自ぜんの地けいを利用して作られた安積そ水は、最長で七十八キロメートル、八十五万人が働き、二年たらずでかん成しました。そして、多くの水が流れるようになったのです。

猪苗代湖の水は、今では、工業用水や、飲料用水、田んぼや畑などに使われています。

ぼくは、今回勉強したことであらたに水の大切さをしりました。し料館には、水をたいせつにすることは、はってんさせてくれた人への感しゃのしるしです。という言葉がありました。ぼくもそのとおりだなと思いました。

沼田　駿（いわき市立平第一小学校４年）
地区賞・アポロ環境賞

温泉でザブーン

そーっと、つま先を入れます。よく温度をたしかめて、足からお湯につかります。一気にかたまで、

「ザブーン」

「あー、気持ちいい」

私は、毎年何回も温泉へ連れて行ってもらいます。温泉は、大好きです。

私が住む福島には、たくさんの温泉があります。白いお湯、茶色のお湯、とうめいなお湯、しょっぱいお湯、とてもあつくてビリビリするお湯、ゆで玉子のにおいのするお湯、種類もたくさんあります。

夏休みに、高湯温泉に行きました。福島市の西側のあづま山にある高湯温泉は、白いお湯でゆで玉子のにおいがします。においは、いいにおいというよ

りもとてもくさいです。いおうのにおいと言うらしいです。でも、牛にゅうのような白いお湯は、青い空とよく合っていて、まろやかで、すごく気持ち良く、くさいにおいなどわすれてしまうくらいです。温泉のそこの方に、白い粉がたまっています。さわるとふあっとして、白いあじさいがさくようにまい上がります。ゆっくり温泉につかると、おはだもつるつる、すべすべになります。

帰りの車の中で、後ろをふり返ると、あづま山のちょう上が見えます。山のちょう上には、大きな雲がかかっていました。雨がふりそうな真っ黒な雲です。山に雨がふったら、雨水はどこに行くのだろう。全部川になってふもとに流れてくるのだろうか。ふと思って、父に聞いてみました。すると、

「川になってすぐにふもとへ流れてくるのもあるけど、土にしみこんで、多くは地下水になるんだよ。そして、時間をかけて、わき水やし水、温泉となって地上に出てくるんだよ」

と、教えてくれました。

山にふった多くの雨は、そのまますぐにふもとまで流れてきません。多くは土にしみこみ、地下水となり、森の木にすい上げられます。森のダムとよばれ、私達をこう水から守ってくれます。

地下水の水は、ふもとでくみ上げられ私達の飲み水になるのです。と中で火山に温められて、温泉のお湯になるかもしれません。今、ふった雨は、明日、私達の前に顔を出すかもしれないし、一か月後、一年後、いや百年後長い時間をかけて、ひょっこりと顔を出すかもしれないのです。

雨は、私達が今使う飲み水となるだけでなく、未来の人達の飲み水でもあることをわすれてはいけません。今日、私が入った温泉のお湯が、未来の人達が入る温泉のお湯かもしれないことを決してわすれてはいけないのです。

水が、いつでも、ひょっこりと私達の前に出てきてもいいように、自分自身のためでなく、未来の人達のためにも水やかんきょうを大切にしなければな

らないと思います。

松本　瑚乃夏（このか）（福島市立野田小学校４年）
特別賞・玉ざぶん賞

ウミガメの放流

家族旅行の沖縄で見た海の色は空と同じ色だった。

今年の夏、私は初めてウミガメの放流を見た。地元の保護団体が行う、この夏初めての放流だった。日没とともに赤ちゃんガメを砂浜にかえすと、一直線で海へ向かって走っていく。まるで、海が自分の住むべきところだと知っているかのように。

十センチにもみたない小さな体では、海までのわずかな距りすら長く感じるだろう。水際に到着しても、何度も波に返され、それでもいっしょうけんめい泳ぎだす。

海に向かって走る赤ちゃんガメの前を横切らないこと、ぜっ対に手助けをしないこと、何点かの注意事項があったため、私は見守ることしかできない。「ガンバレ」「ガンバレ」心の中の声が、やがて大きな声えんへと変わった。

私だけではない、見守っていたみんなの心が一つになり、赤ちゃんガメが全員無事に大海原に泳ぎ出したしゅん間には大きな歓声がおきた。

すっかり日は沈んでいたが、みんなが優しい顔をしていたのは、はっきり見えた。必ず、この砂浜にもどってきてほしい。心からそう思った。

昔は、自然のまま、こういった風景があったそうだ。しかし、今は、堤防ができ砂浜が短いため、水際からすぐそばにしか産卵ができず、水につかった卵は死んでしまうそうだ。せっかく帰ってきた砂浜が無くなっていることもあるだろう。

人間が便利になると自然や動物たちは住みづらくなってしまう。

せっかく泳ぎ出したウミガメたちも自然界の恐怖

だけではなく、私たち人間が捨てたゴミをえさと間違えて食べてしまったり、何も考えずに捨てられた漁具に引っ掛かったりすることをきき悲しくなった。

「海を汚してはいけない」

日本は海に囲まれた島国のため、海を無視しては生きることはできない。

私は、福島県の海沿いの町に住んでいる。一年生の時、大きな地震がおき、高い津波が町をおそった。おだやかな海がすがたを変え、多くの人の命をうばった。

でもそれは、自然からの悲鳴なのかもしれない。

では、海や自然を少しでも守るために、私には、何ができるだろうか。

「ゴミを捨てない」「無駄な電気は使わない」「お風呂は短く」考えれば、色々と出てくる。

こうした、小さなことをみんなでできたら、ただそれだけのことなのに……

一人ひとりの力は小さくても、みんなの力が集まればきっと大きな力になる。

私は、地球に生きる一人の人間として、海や自然を守っていきたい。

水の大切さ

山田　李虹（りこ）（新地町立駒ケ嶺小学校５年）
特別賞・うみまる福島賞

川と言えば……。

最近テレビやで、新聞等で、各地で集中豪雨による大規模な災害が起きていることが報道されているが、僕の住んでいる所もいつ発生するか分からない。

近くには、川寒橋があり、その下を流れている「松川」という大きな川が流れている。松川は、吾妻山西北斜面から流れ下る急流で、河川というより流れ下る滝そのものである。その扇端部からは、豊富な伏流水が湧水となって、人々の生活をうるおしてきた。その水を利用して、福島最初の簡易水道として市街地に水が引かれた。

　昔は、毎年のように、氾らんを繰り返し、山を侵食して堆積した扇状地の扇頂部は、３００メートルを越え、その扇端部は福島市街地西近くにまで広がっている。もし、豪雨により、河川の増水や、土砂災害が起きた場合、どういう対策をとらなければならないのか事前に、それを防ぐいろいろな対策を考えなければならない。それを防ぐには、大雨によって川の水の量が増え、あふれないようにする為に、川の両側に土を高く盛って、増えた水があふれないようにする為に、堤防を造り、又、川岸が、洪水の激しい流れで、けずられないように、ブロックや自然石で保護して護岸を造り、堤防護岸が必要である。

　川は、私達に、生命を育み、人の心をうるおし、沢山の恵みを与えてくれる。川の水で、暮らしを支えたり、川にすむ生き物達のすみかになったり、どれも大切な働きがある。飲み水、農業、工場でもたくさんの水が使われている。そのほとんどが川の水を利用している。私達が生活する為には、水が必要でかかせない。しかし、時には、大雨により洪水や土砂災害、山間部では、地すべりや土石流が発生し、家屋等崩壊し、又、尊い人命までうばわれてしまい、恐ろしい表情を見せる事もある。

　水の力、強さが改めて分かった。

緑川　祐希（福島大学附属小学校６年）
福島市教育長賞

ホタル

わたしが生まれた町には、海も川もありました。水道のお水がおいしかったです。夏には、田んぼや川の近くに、ホタルがいっぱいいました。毎年ホタルを見るのが楽しみでした。

ホタルは、水がきれいじゃないといないと聞いたことがあります。ホタルが多く来るように、川をきれいにするために、ゴミひろいをしたりしていたことを思い出しました。

海水浴に行ってもゴミは、ちゃんと持ち帰っていました。

わたしが今すんでいる市では、一度近くの小さな川のような所で引っこして来た夏に、ホタルを見ました。でも、それからホタルを見てません。その小さな川のような所には、ゴミがいっぱい流れているからでしょうか？　近くで工事があったからでしょうか？　さみしいです。

水道水も今は、なんとなくですが、飲まなくなり、おいしくないように感じます。

川のゴミや町のゴミ、みんなが色々な所をきれいにする気持ちが、水をきれいにすることなんではないかと私は思います。

一人一人が、水が大切、大事と思うならば、ゴミは持ち帰りするだけでも、とてもちがうと思います。

水を大切に使い、すんでいる所だけじゃなく、どこでもみんながそんな気持ちでいてくれたら、おいしい水が出てきて、きれいな川となり海となり、ホタルがいっぱい飛ぶと思います。

わたしは、この夏休み節水にチャレンジしました。このまま、水を大切にするようにしたいと思います。日本中が、きれいになり、ホタルがいっぱいになればいいなと思います。

新田　萌（大熊町立熊町小学校４年）
弘済会福島支部長賞

2015年

米の命、おれの命

おれの米ができるまでたくさんの水を使う
春は、種をおふろのお湯に入れて一週間
箱に土を入れて、種を中にぎゅっと入れる
ホースで水をたっぷりあげる
めが出るまで、毎朝毎朝水をあげる
なえが八センチメートルくらいに育つまで
毎日毎日水をあげる　たっぷりと
いよいよなえを田んぼに植える
田んぼには、水がいっぱいはってある
まるで大きな池みたい
田植え機で田んぼに入ると
水が波みたいにザーザーと動く
水になえが立ち始める
順番に　まっすぐに　せい列してるみたいに

大きく育てよ！おれのなえ！
なえが大きく育つように
毎日田んぼに水を流す
田んぼいっぱいになるまで水を流す
水は山からひっぱってくる
たくさんの水は山からのめぐみ
なえが大きく大きく育ったら
水を全部ぬいて地面がわれるまでそのまんま
これから水はもうつかわない
いなほができるまで水はつかわない
夏の終わりにいなほができて米になる
大きくなったおれの米！
秋になっていなほが緑から黄色にかわった
いねをかって、できたのがおれの米
米をごはんにするのにも
また水が必要だ
おれの米がおれの口に入るまで
たくさんたくさん水を使った
水がなきゃ、米は育たない

米がなきゃ、おれは育たない
水は米の命
そして水はおれの命

國井　拓美（平田村立蓬田小学校４年）
ざぶん大賞

ふくしまの水

「ふくしまの水は安全です」

まるでキャッチフレーズのようにくりかえされるその言葉を目にしない日はありません。

私の住んでいる福島県新地町は、地震と津波の大きな被害を受け、多くの方々が命を落としました。そして今も、東京電力福島第一原子力発電所の爆発事故による放射能へ対する健康被害や風評被害に悩まされています。

「福島の食べ物」、「福島の水」そんな言葉をテレビで聞くと私は悲しくなります。

私の家族は、祖母がつくる畑で採れた愛情あふれる新鮮な野菜を食べ、水道からでる本当においしい水を毎日飲んでいます。そして、もちろん元気いっぱい楽しく毎日を過ごしています。

水は、命の源・・・。

水は、食物を育て、生き物の命を育む、なくてはならない大切なものです。私たちは雲から大地に落ち、ダムに流れ、田畑にそそいだ水を飲んでいます。

私の父は相馬市の浄水場で働いています。

原発事故で放射能を心配する私たちに、

「相馬の水は安全な水だ」

「おまえたちに安心して飲ませられる水なんだよ」

と毎日話してくれました。

きちんとした検査を受け、水道から流れ出る水を、私たち家族は震災直後も以前と同様に飲んでいます。

では、なぜ福島県の水には「安心」「安全」という言葉がくり返し使われるのでしょうか。

福島県に生まれ、育ち、この地のために役立つ大人になりたいと願う私には、福島県の水だけに念を押すように発せられる言葉は、差別感を生み出す悲しい言葉に聞こえます。

風評被害とはなんでしょうか?

悲しいことですが、確かに現在も東京電力福島第一原子力発電所からの汚染水の流出のニュースは絶えることなく流れています。

「福島県」=「原発事故」=「汚染」につながるイメージが、空気の汚染から水の汚染へと単純に結びつけているのではないでしょうか。

原子力は人間が作り出した脅威です。目先の便利さが優先され、全国各地で多くの原子力発電所が稼働してきました。しかし、自然の力に打ち勝つことはできず、今もなお改修がままならない状態です。この不安が何年続くかわかりませんが、美しい自然豊かな福島県、世界に誇れる私たちの故郷を取り戻すためにも、一日も早い収束を願っています。

豊かな自然、澄み切った青い空と清らかな川、そして海の姿は、今も変わりません。すきとおった水は人々に活力と笑顔を提供してくれています。マニュアルにそって検査された野菜や果物、米や水は、自信をもって口にできます。被災地に生きる私たちは風評被害に負けることなく、私自身も元気な福島県を発信していきたいと思っています。

全国の皆さん、ぜひとも自分の目と舌で確かめに、私の住んでいる本当の空と水のある福島県においでください。

山田　李虹（新地町立駒ケ嶺小学校６年）

ざぶん文化賞・新地町教育長賞

海鮮丼とくだもの

私は、海鮮丼が大好きです。昨年の秋に石川県金沢市の近江町市場に行きました。お昼におすし屋さんで、ごうかな海鮮丼を食べました。十八種類の魚がのるこの海鮮丼は、魚の切り身が、どんぶりからはみ出ています。ピンク色のサーモンとカニ、銀色のアジ、すき通るようなとう明なイカ、真っ赤なマグロ、とろーりとした黄色のウニと宝石のようなイクラ、それから真ん中には、金ぱくがちりばめられています。お父さんに聞いても、全部の種類は分かりません。板前さんに聞くと、

「ほとんどの魚が、北陸の魚だよ」

と、教えてくれました。私は、おいしくてカラフルな海鮮丼を一気に食べてしまいました。金沢のみなさん、ごちそうさまでした。

私は、福島県福島市に住んでいます。福島市は、ぼん地で海がありません。なので、海鮮丼はありません。でも、おいしくてカラフルな自まんの食べ物があります。福島市は、全国有数のくだものの産地です。私は、くだものも大好きです。

春には、ピンクのももの花がさき始め、なし、さくらんぼ、りんごの白い花がさきます。そして、夏から秋にかけて、お店にくだものがならびます。赤くてかわいいさくらんぼ、うすピンクがきれいなもも、こはく色のなし、こいむらさきのぶどう、色とりどりです。お母さんに皮をむいてもらうと、たっぷりのかじゅうがしたたり落ちてきます。口に入れるとあまくておいしいのです。

どうして福島市は、くだものがおいしいのでしょうか。私は、福島の自然かん境がゆたかだからと思います。冬に寒く、夏が暑いぼん地の気候は、くだものの生産に適しているのだそうです。そして、あづま山から流れるほうふできれいな水は、夏の太陽と反応しておいしいくだもののかじゅうになります。また、近所を流れるあら川は、水質日本一の川です。

私の小学校は、生徒を「ありのみ」に例えます。

昔の人は、くだものの「なし」の「無しの実」のよび方をきらって、「有りの実」とよんだそうです。学校を少しはなれると、一面なし畑です。かや場なしというなしを作っています。せい服もなしの色の茶色です。なしのさいばいも勉強します。小さいことから、くだものとの関係を大切にしているところも、くだものがおいしい理由なのかもしれません。

金沢のみなさんも、きっと海を大切にしているのでしょう。だから、海鮮丼も新鮮でおいしいのだと思います。福島のくだものも、とてもおいしいです。一度、食べてみて下さい。いつまでもおいしいものが食べられるように、おたがい、地元の自然かん境を大切にしていきましょう。

松本　瑚乃夏（福島市立野田小学校５年）
特別賞

私の考える水とお金のぎ問

私が生まれたのは飯館村という所です。飯館村の家では井戸水で水道料金はゼロ円でした。今住んでいる保原町では水道料金をはらって水を使っています。世界まる見えというテレビ番組で見た外国のある国では、水道水を使いすぎると水道料金い外にばっ金を支はらうというきまりがあると知りました。住む場所によって水を使うためのお金に大きなちがいがあるということにびっくりしました。

今まで私はこう思っていました。自然のおいしい水がゼロ円なのに、今まで飲んでいた水よりちょっとおいしいとはいいきれない水になぜ、お金をはらわないといけないのかというぎ問をもっていました。

今回、摺上じょう水場に見学に行き少し理由がわかりました。水をきれいにして安全に人間が飲めるようにするためにもお金がかかるということです。じょう水場の方の説明にはお金のことは何も出てきませんでしたが、私は自分のぎ問からせつびなどを見てそう思いました。

じょう水場見学でもう一つ私が思った事は、水をきれいにする仕事を毎日している人がいるのだから、私は、水を大切に使うようにしなくてはいけないと思いました。水は毎日水道からあたりまえに出て来ますが、もし、出てこなくなったらどうするのか、そう考えるととてもおそろしいです。水がなくなったらすべての生き物が生きていけないと思います。そうならないためにも私一人だけでなくすべての人々が水を大切にして、この先ずっといつまでも、水道をひねったら水があたりまえに出て人々が生活にこまらないようにと心からねがっています。

日ごろお母さんにうるさく「水を大事に」とか、「水出しっぱなし」とか言われてうるさいと思っていました。が、今まで以上に注意して水を大事にしようと思いました。

菅野　まひろ（伊達市立保原小学校４年）
福島県選考委員長賞

とう明な世界

私は、水の中が大好きです。

スイミングを一年生から始めて、去年、泳力検定で一級を取りました。せん水をすると、いつもの世界とちがい、みんなの声が遠くに聞こえます。ブクブクと、自分の吐く息だけがひびきます。

自分だけの、特別な世界。

静かでとう明な世界。

前に、水族館に家族で行った事があります。大きな水そうの中でゆうゆうと泳ぐ魚を見た時、気持ちが良さそうだなあと思いました。

今では、私も自由に泳げるようになったのであの水そうの中で魚達と一緒に泳げたら楽しいだろうなあなんてゆめみたりもします。

小林　優芽（ゆめ）（伊達市立上保原小学校４年）
伊達市教育長賞

みんなの海

「これは、どこの海」

ぼくは、アルバムを見ながらお母さんに聞きました。

「大くま町の海だよ、おぼえてる。毎年、夏休みに遊びに行ったんだよ」

家から海まで車で十分で行けたこと、でも今はもう行けないし入れないこと、ふる里をはなれて山にかこまれた所にすんでいるから、ちがう海に行くには車で二時間かかることを話してくれました。

それでも、夏休みには、かならず海につれていってくれるのは
「ふる里をわすれないためだよ。海があって山があってとってもいい所だったんだよ」

とお父さんは言っていました。

ぼくのふる里にあった海では、たくさんの電気をつくっていたこと、サケやヒラメをそだてていたこと、きれいな海で楽しく遊んだことをわすれないで大人になろうと思いました。そして、日本の海がずっときれいなままで、たくさんの魚がとれるようにしていきたいです。そのためには、これから大人になるぼくら一人ひとりが、きれいな海をまもっていく気持ちと海をきれいにしていく行動が大切なんだと思います。

小林　洋之介（大熊町立大野小学校３年）
大熊町教育長賞

ミズクラゲ

「とぷん」

小さな水の音が聞こえると、わたしは手まねきされるようにその水そうに近づいていきました。それは、ミズクラゲの泳ぐ水そうでした。

ゆっくり泳ぐクラゲたちを見ていたら、なぜか、あの日のことを思い出してしまいました。

それは２０１１年3月11日のことです。

こんなにきれいなクラゲが泳ぐような海がいっしゅんでおそろしくなったあの日。わたしは、そこまでひがいを受けたりはしませんでした。それでもわたしの人生は大きく変わってしまいました。

海岸ぞいの道を車で走っていたとき、ふと目に入ったのは、大きなコンクリートの堤防でした。あの頃の美しい海はもうそこにはありませんでした。

海は、たくさんの命をあたえ、はぐくんでくれる大切なそんざいです。

でも時には、人の命をうばってしまうことがあります。それでも海は、わたしたちにとってなくてはならないそんざいです。

あの日海は、何を求めていたのでしょうか。わたしには、分かりません。でも、あの日にきえていったのは、人の命だけではありません。この地球にとっては、ちっぽけなものだとしても、わたしたちにとってはとても大切なこの世に生きる生き物の命がいっしゅんにしてきえてしまったのです。

海にすむ生き物、陸にすむ生き物そのすべてが海を必要としています。

海は今日も波うっています。

「とぷん」

わたしたちもクラゲのように、海とともに生きるべきではないでしょうか。

クラゲのどくばりは、人をきずつけるためにあるのではなく、自分を守るためにあるのです。

クラゲのように、人だって、きっと海だって、自分を守るためにだれかをきずつけてしまうことがあるのかもしれません。

だから、人は海をうらむことなく、海は人をうらむことなく、おたがいに支え合って生きているのではないでしょうか。

阿部　香ノ子（いわき市立平第一小学校５年）
弘済会福島支部長賞

2016年

ぼくが分かったこと

「水は生命のみなもとってどういうこと」

ぼくは、よくいみが分からなかったので、お母さんに聞きました。そしたらお母さんは、

「そういえばこの間、太がねつを出したでしょう。その時のことを考えてみて」

と言いました。ぼくは、考えました。

夏休み前にぼくは、たかいねつを出しました。ぼくはもう、力が出なくてぐったりになって、あたまが何かにさされたみたいにズキンとして、立ったりすることもおきたりすることもできなくなりました。その時は、地ごくにいる気分でした。食よくもなくて、ただねることしかできませんでした。おいしゃさんやお母さんに、

「水をいっぱいのんでね」

と何回もいわれていたけど、ぼくはあまり水がのめませんでした。むりやり水をのむしかありませんでした。だからぼくは、どんどんひどくなりました。とてもつらかったです。

三日目には、もっとひどくなりました。かおもまっ赤で、いきがくるしくて、ちょっとだけ食べられたフルーツやのみものも、はいてしまいました。ぼくは、つらくてつらくて、ずっとうとうとしてはおきると、ハァハァいきをしていました。それでお母さんは、びっくりして、

「太、大じょうぶ。ねえ、何がつらいの」

とずっと言っていたけれど、へんじもできなくなって、あわててお母さんは、ぼくをだっこしてびょういんにつれて行きました。たかいねつが下がらないこと、おしっこが出ていないことを言いました。ぼくは、だっ水しょうになっていました。点てきをすることになりました。ぼくは、ちゅうしゃが大きらいで、

「いやだ。ちゅうしゃはしないで」

となかいてしまったけど、かんごふさんが、

「大じょうぶ。チクッはすぐおわるから。つらいのがよくなるから、がんばろうね」

とずっと言ってくれたので、なくのをやめて、しずかにねていました。ポタポタとちょっとずつ、いっぱい時間をかけて、ぼくの体に入っていきました。点てきがおわると、ぼくのたかいねつが下がったわけではないのに、点てきで体の中に水を入れただけで、ぼくはなぜか、あるけるようになり、お話もできるようになって、あたまのズキズキも少しよくなっていました。

　今までぼくは、水が一番大じだと思ったことはありません。ぼくの元気の元は、お肉やフルーツ、やさいなどのおいしいりょうりだと思っていました。ぼくは、このけいけんから、水がぼくの体にこんなに大じなものなんだ、ということが分かりました。このことをお母さんに話すと、

「お口から水がのめなくなると、太の体が地ごくになることが分かったね」

と言いました。これからぼくは、水の大せつさをわすれないで、元気に生活したいです。

川の水を守るために

日下部　太陽（福島大学附属小学校２年）
特別賞

　ぼくは、八月一四日に、いなわ代町にある川で遊びました。川の中流で、川の水が少なく、川の流れがゆるやかなところで遊びました。川は、水がきれいで、川ぞこが見えました。

「この川の水は、あづま連ぽうの山々から流れ出ていて、秋元湖に流れついているんだよ」と、おじいちゃんが教えてくれました。ぼくがよく見ているあぶくま川は、土のような茶色をしていますが、この川の水はとう明で、太陽の光があたるとキラキラ光

って見えました。二つの川をくらべると、まったくちがうもののようでした。そこで、なぜ二つの川の水がこれほどちがうのか調べてみました。

水のよごれの原因を、本やインターネットで調べてみました。すると川の水がよごれている一番の原因は、ぼくたちが使っているトイレの水や、食べた後に出る食べかすなどの生活はい水だということが分かりました。昔は、工場で出るさん業はい水が原因でしたが、今では、工場などに対するきせいが強化されて、生活はい水のほうが原因になっていることが分かりました。主な生活はい水のよごれは、食品によるものだということが分かりました。いちばんよごれがひどいのは使用ずみのあぶらで、あぶらを五〇〇ミリリットル流すと、よくそう三三〇ぱいもの水を使わないと、きれいにならないそうです。ぼくたちが一日に流すおすいは、一人二五〇ミリリットルですが、それが集まると、大変なよごれになります。このことからも、生活はい水を未しょ理のまま川に流すと、水しつのよごれの大きな原因となるそうです。それをへらすには、食器についたあぶらをキッチンペーパーでふきとることや、みそしるを作りすぎて、すてることのないようにすることが大切なんだそうです。

ぼくは、今まで何度もあぶくま川を見てきましたが、きたないと思っていても、深く気にとめることもなくすごしていました。みそしるを残してしまったり、おふろで、せっけんをたくさん使って、あわだらけにしてしまったりしていました。しかし、そのことが川をよごす原因となっていることが分かりました。人間ひとりひとりが、川のおせんのことに気をつけながら生活していなかったから、川がきたなくなってしまったと思います。みんなが、もっと川を大切にする意しきを持つことで、川のおせんも少なくなり、水がきれいになっていくのではないかなと、思いました。ぼくも毎日の生活の中で、できることは何かを考え、川の水をよごさないど力をしようと思います。ぼくが夏休みに遊んだきれいな水の川が、いつまでもよごれずにあって、また川遊びができたらいいなと思いました。そして、あぶくま川がもっときれいになればいいなと思いました。

クラゲから学んだこと

佐藤 太一（二本松市立新殿小学校４年）
特別賞

昨年の夏、防波堤に釣りに行った時のことです。海をのぞきこむと、ポリエチレン袋が漂っています。私は、釣り竿の先で、そのポリ袋を突いてみました。するとと父に、

「それは、ミズクラゲだよ」

と、言われました。よく見ると、確かにクラゲです。すき通った、おわん型の傘の表面には、四つの丸の模様があり、斜めになったり、逆さまになったりして、水面を漂っています。

「昔、海水浴でクラゲの触手に胸をさされて、ミミズばれになって、痛かったなぁ」

と、父は続けて言います。「そうか、クラゲには触手があって、毒針があるのか」私は、そのすき通った生き物をそれ以上釣り竿で突くのをやめました。

五月の連休に、私は、山形県の加茂水族館に行きました。この水族館は、別名「クラゲ水族館」と呼ばれる珍しい水族館です。

風船型や楕円形の傘のクラゲ、触手が水槽一ぱいに長いクラゲ、触手が少なく短いクラゲ、透明なクラゲ、赤いクラゲ、虫メガネがないと見えないクラゲ、電球が入っているようにきらびやかに光るクラゲが、それはそれは数多く展示されています。

アカクラゲは、大型のクラゲです。触手が長く、成長すると一メートルにもなり、ミズクラゲをえさにしているそうです。反対に、シミコクラゲは傘の直径が、五ミリメートルにも満たない小さなクラゲです。キタカブトクラゲは、体を取り巻いている泳ぐためのヒダが、波打つように虹色に光り出します。

さまざまなクラゲが、いくつもの水槽に、種類ごとに密集して展示されています。

この水族館で、私にとって興味深い話を聞きました。クラゲは、ほとんどの種類の触手に毒を持ちますが、仲間同士が触れ合った場合には、毒を使用しないそうです。敵や異物と接触した時に、触手の毒針から毒を発射して自分の身を守ります。でも、どうして仲間同士では毒針を使用しないのか、まだはっきりとは分かっていないそうです。

この話を聞いて、ふと思うことがありました。二年前の広島の崖崩れや昨年の茨城の洪水、今年の熊本の地震と大きな自然災害が、増えているように思います。私が住む福島県も東日本大震災の被害から元通りになるまでには、もう少し時間がかかりそうです。

地球は、私達、人間を仲間だとは思っていないのでしょうか。人間が、地球を汚しすぎたからでしょうか。削りすぎたからでしょうか。化石燃料を燃やしすぎて温めすぎたからでしょうか。最近の自然災害を見ると、地球の持つ毒の部分が人間に向かっているような気がします。

私が、クラゲをポリ袋と間違えた防波堤の周辺には、間違えるのが当たり前と思うほどゴミが散乱しています。私は、こうしたゴミを持ち帰ることから始めようと思います。そして、自然を大切にし、共存していくことをちかいます。

松本　瑚乃夏（福島市立野田小学校6年）
特別賞・うみまる福島賞

目指せ水しつ日本一

私は、７月４日に宿泊をともなう校外学習で猪苗代湖をおとずれました。そして、猪苗代湖の水しつおせんげんいんとなっているヒシをじょきょする活動に参加しました。

ヒシとは、ギザギザとした葉で根が長く、１かぶで10この花と種をつける、はんしょく力が強い植物です。ふ敗するとヘドロになり、水しつおせんのげんいんとなっています。雨不足のえいきょうなどから、湖の水位が低くなると、ヒシが根付きやすくなります。

猪苗代湖の水しつは、平成14年から17年の４年間、水しつ日本一とひょうかされてきましたが、げんざいはひょうかのたいしょう外となってしまいました。天然記念物のマリゴケも少なくなってきています。このじょうきょうをかいぜんするため、ボランティアの「自然を守る会」の方々が、水しつ日本一を目指して活動しています。私たち、福島大学附属小学校の４年生が、自然を守る会の方々の指どうを受け、猪苗代湖に入りました。

長ズボンとくつで湖に入った所は、私たちがいつも見たり泳いだりしている所とはちがい、茶色い湖水で、ズボンもくつもドロドロになってしまいました。いつもきれいだと思っていた猪苗代湖にこんなきたない所があるのかとおどろきました。そして、なぜ長ズボンとくつが必要なのか理由が分かりました。水は、私のおなかあたりまでありました。湖にどんどん入って行くと、ヒシがたいりょうに生えていました。両手でヒシをかかえて引っぱると、根がとても長くておどろきました。根が長いとは聞いていましたが、そこまで長いとは思いませんでした。私は、たくさんとって水しつ日本一になるように一生けん命にがんばりました。みんなで作業をしたら、入れ物がヒシでいっぱいになり、あっというまにきれいになりました。みんなで力を合わせれば、こんなに早くきれいになるのだと、協力することの大切さを学びました。ボランティアの方々は、ヒシをじょきょする活動を毎日のように取り組んでいるというお話を聞いて、こんなにたいへんな作業を毎日のようにおこなっているのは、すごいと思いました。

今の小学生の私にできることは、水をむだにしないで大切にするなど、身近なことしかできませんが、今回の活動を通して色々なことを学びました。猪苗代湖の自然を守る会のボランティアの方々がきれいにした猪苗代湖をきたなくしないように、水を大切にしていきたいです。そして、また猪苗代湖が水しつ日本一になり、天然記念物のマリゴケが増えてほしいと思います。大人も、子どももみんなで協力して、日本一美しい猪苗代湖になり、たくさんの人に見に来てもらえるようになるのが、私の夢です。

七島 海希（みき）（福島大学附属小学校４年）
アポロ環境賞

水の大切さ

ある日、水の大切さをまだ知らない女の子が、水のことについて勉強しました。

わたしたちのお父さんやお母さんが、子どもだったころの広せ川の水は、とてもきれいで、自然のままのすがたがたくさんありました。夏には、子どもたちが川で泳いだり、魚とりをしたりして遊んでいました。でも、工場がたくさんできたり、わたしたちの生活が便利になってくるにつれて、川の水はだんだんよごれてきました。

川のよごれの原因は、いろいろあります。雨によって田や畑から出るよごれ、工場から出るよごれ、家ちくから出るよごれなどがあります。

また、わたしたちの家庭から出る水が、川のよごれの原因にもなっています。わたしたちが、毎日たくさんの水を使い、川の水をよごしているのです。

台所から出る水、おふろから出る水、洗たくで使った水、トイレから出る水など、日じょう生活の中から出る、さまざまな種類の生活はい水が、川の水をよごす大きな原因になっているのです。

川には、自分で水をきれいにする力があります。でも、このはたらきよりもたくさんのよごれが流れこむと、自然にきれいな水にはなりません。みそしる一杯を川に流すと、魚が住める水しつにもどすためには、おふろ５杯分の水が必要です。米のときじるは、おふろの水３・２杯分、使用ずみの天ぷら油は、おふろの水４６５杯分が必要になります。

わたしたちは、米をとぐときは少ない水を使ったり、最初のとぎ汁をはい水口から流さないようにするなど工夫をすることで、川の水のよごれを少なくすることができます。天ぷら油は、揚げ物につかった油は、いため物に再利用したり、新聞紙などにすいこませたり、こ形ざいでかためたりして、川に油が流れないようにすることが大切です。

そして、家庭から出る生活はい水をきれいにするために、下水道を整びしたり、合ぺいじょう化そうをふきゅうさせたりすることも大切です。

わたしたちが使っている水道水の多くは、主に川の水を使っています。特に、考えてほしいことは、わたしたちは限られた水をくり返して使っていることです。だから、わたしたちは、もっと川のよごれに関心をもって、できるだけ川をよごさないようにするためのど力をしなければなりません。

女の子が勉強したのは「川をよごしてはいけない」ということでした。そして、女の子は、川をよごさないように生活の仕方を工夫したり、みんなに川をよごさないように教えたりしました。そして、女の子は「これからはもっと、水を大切に使おう」と、心の中で何度も言い続けました。

浅野　結衣（伊達市立保原小学校４年）
弘済会福島支部長賞

2017年

みずのそこ

むかし、ばあちゃんの、おかあさんがすんでいたところは、いまはもうない。いまは、みずのそこにある。ばあちゃんの、かよったしょうがっこうも、みずのそこにある。

なんで、みずのそこにあるのってきいたら、たいせつなみずをためるためなんだっていっていた。

なぜみずをためるのってきいたら、いきるためだっていった。

ばあちゃんのかおが、したをむいていたけど、やさしくわらっていた。

みんなは、どこにいったのかきいたら、みんなそれぞれちがうところに、ひっこししたようです。でも、あたらしくすんだところは、こんどは、じしんでいられなくなったと、ばあちゃんはいった。

おおきなおおきな、なみが、うみからきてぜんぶなくなってしまったっていった。

ばあちゃんのおかあさんちは、げんぱつのうらにあったんだって。ままは、ちいさいころよくそのうみで、かいをとったり、およいだりしたんだって。こんどは、ばあちゃんはしたをむいたまま、ないていた。

ばあちゃんのおかあさんやおとうさんのおはかも、みにいけないんだって。もう、かえれないといっていました。すごくさみしくなりました。ままやぱぱにあえないのは、いやだからです。みんなといっしょにいたいです。

ぼくの、おうちには、ちいさいダムとおなじ、いどがあります。むかし、おおきなじしんがあって、みずがなくてこまったから、すいどうだけじゃなく、いどもほったといっていました。よごれたみずじゃなくて、おいしい水になるように、すごくふかく、ほったようです。

ぼくは、だいしんさいのあとの、三がつ一五にちにうまれました。その、いどのみずをのんでいます。

　いっぱいけんさもしたのであんぜんなんだそうです。だいしんさいごは、とってもたすかったそうです。みんなは、みずがなくて、おふろも、といれも、たいへんだったそうです。

　ぼくのおうちのいどみずは、つめたくて、おいしいです。むかしむかしのおみずだと、ままがいっていました。いどのみずのそこにも、むかしのむらがあるのかな。ぼくがおおきくなってものめるように、だいじにのまなくてはいけないとおもいます。

佐藤　黎依（れい）（福島市立松川小学校１年）
ざぶん文化賞

キラキラプール

　ジリジリはだがフライパンでやかれているみたいなあつい日、お母さんが、

「今日はプールに入るよ」

と言った。わたしと妹と
「わあい！」

と言ったけど、『また赤ちゃんプールか。大きいプールか海につれていってよ』って心の中で思った。

　妹とはだかになって水ぎにきがえる。だれも見てないから、すっぽんぽん。妹と顔を見合わせてわらう。きがえたら小さいプールへジャンプ。水がジャバジャバとびちる。わたしも妹もすぐにかみの毛までびしょびしょ。妹がぬれた体で家の中から水てっぽうをもってきて家の中までびちょびちょ。お母さんはおこったけど、かんけいなしに水のかけあいが始まる。妹の水てっぽうは、遠くまでとぶので、にげてもにげても水がとんで来る。プールからとびだして、かくれんぼしながらのじゅうのうちあい。そこへお

母さんが、

「かきごおりできたよ」

とはこんできたので、わたしと妹のたたかいはちょっときゅうけい。グレープのシロップがかかっていたけど、何もかかっていないこおりのところを食べてみたら、ひんやりおいしい。妹とおかわりをして、体もひえひえ。またまた水遊びのさいスタート。

「体ひえてきちゃうから、そろそろあがりなさいよ」

とお母さんの声が聞こえたけれど、わたしは妹と水中にらめっこにむちゅう。妹のへんな顔にわらっちゃう。バシャバシャしすぎて、プールの水がなくなったところで、

「もうあがりなさい！」

のお母さんの声。わたしはしぶしぶ妹とプールからあがって、ホースの水で体をあらってもらった。

「ああ楽しかった。また遊ぼう」

佐藤　ゆうみ（伊達市立梁川小学校３年）

ざぶん文化賞

まつしまのうみ

わたしは、夏休みのおわりに家ぞくでみやぎけんの松しまというところに行きました。車で二時間くらいかかるので、その日は少し早おきしました。こうそくどうろをおりてさかを車でおりて行ったら、いきなりうみが見えたのでとてもおどろきました。

まつしまでは、かんこうせんにのったり、かまぼこの手やき体けんをしたり、おいしいカキやホタテをたべたりしました。

ふねにのったのははじめてだったので、うみにおちないかとしんぱいしていましたが、とても楽しかったです。ふねから見たうみの水は少しみどり色に見えました。

わたしは、少し前に、テレビでひがし日本大しんさいのときのつなみを見たことを思い出しました。そのとき見たつなみはまっ黒だったのでとてもふしぎだなと思いました。うみには、大きいしまや、小

さいしまがういていました。しまには、まつの木がたくさんはえていましたが、ぜんぶかれているしまが何こかありました。ふねのあんないをするおばさんが、つなみでかれてしまったとせつめいしてくれました。

ふねをおりたあと、ひがし日本大しんさいの「いれいきねんひ」を見ました。「いれいきねんひ」には、つなみとうたつとかいてあるしるしがありました。お母さんが、「つなみがこのたかさまで来たんだね」と言ったので、わたしはとてもおどろきました。それは、お母さんのしんちょうよりもたかかったからです。

帰ってきてから、お母さんとしらべたら、まつしまはしまがたくさんあるところで、ほかのつなみがきたところにくらべてひがいが少なかったということをしって、さらにおどろきました。ほかのところには、もっと大きなつなみが来たんだなと思いました。ひがし日本大しんさいは、わたしがまだ二才になる少し前のことなのでぜんぜんおぼえていませんが、とても大きいじしんで、つなみでたくさんの町や人がながされてしまったと聞きました。まつしまのうみは、とてもきれいで、六年前につなみが来たとは思えませんでした。うみは、ふだんはしずかで、かい水よくをしたり、ふねにのりお魚をとったり、人げんにとってとてもみじかなものですが、じしんなどのしぜんさいがいがおこったときには、とてもこわいということをしりました。日本はうみにういているしまで、じしんがとても多い国だと聞いたので、またつなみが来るかもしれません。わたしのすんでいるところには、うみがありませんが、もししぜんさいがいが来たときには、自分のいのちをまもれるように家で考えようと思いました。

永井　愛華（二本松市立二本松北小学校２年）
特別賞

魚とり

夏になると、家の前の用水に、たくさんの魚やザリガニが、やって来ます。わたしとお兄ちゃんは、あみとバケツを持って魚をとりに行きます。

小さな魚が、一列になって、あみのわきを泳いで行きます。「にげられた」くやしい気もちになりました。気がつくと、お兄ちゃんは、川の中に入って、

「未悠、そっちから、魚をおいたてててこい」

と言います。わたしは、よく分からないまま、大きな声を出して、あみの所までバタバタと走って行きました。

「未悠、魚とれたぞ」

とバケツの中に魚を入れました。わたしがやってもうまくいきません。

とれた魚を持って、家に帰ると、お母さんが、水そうに魚を入れてくれました。

きょ年は、ザリガニの赤ちゃんをとりました。一センチメートルくらいの大きさでした。早く大きくならないかと、毎日おせわをしました。

五月の水かえの時、ゴミのような、小さな物が動いていて、ビックリしました。ザリガニの赤ちゃんが、赤ちゃんをうんだと思いました。

実は、ザリガニの赤ちゃんではありませんでした。図かんで調べると、「ヌマエビ」でした。ヌマエビは、冬の間にだっぴをして、二センチメートルぐらいになり、赤ちゃんをうんだのです。

そのほかには、体にきゅうばんのついている魚をつかまえました。お母さんが、

「ばばかんつだ」

と言いました。図かんでしらべても、そんな名前の魚はいません。おじちゃんに聞くと、

「カジカの一しゅだ」

と教えてくれました。きゅうばんで、水そうにくっついておもしろい魚でした。

「むかしは、小川の石のしたに、たくさんいた」

とも教えてくれました。

時には、三十センチメートルぐらいの大きさの「コイ」がいるときもありました。

　本当に、私の家の前の用水には、たくさんの魚が来るのだと思います。すごいと思います。水がきれいだから、たくさんの魚が来るのだと思います。

　用水には、家から出るよごれた水がながれて来ます。わたしの使った水も、ながれていきます。どうしたら、川がよごれずに、たくさんの魚が生きていけるのでしょうか。まだどうしたらよいかわからないけど、自分のできること、「食べのこしをそのままながさない」「せんざいを使いすぎない」ことを守っていきたいです。

　今年の夏も、たくさんの魚が来ました。来年も、そのつぎの年も、たくさんの魚に来てほしいです。そして、いっぱい魚とりがしたいです。用水の水が、いつまでもきれいでありますように。

管野　未悠（みゆう）（国見町立国見小学校３年）
特別賞

わが家の悪臭事件

ある日、学校から帰ってくると、ママが庭がくさいと大さわぎをしていました。たしかに、あたりにはへんな臭いがただよっていました。ママは臭いの原因が「じょうかそう」かもしれないといっていました。ぼくは、

「じょうかそう？」

といいました。ぼくは、それが何かわかりませんでした。

　しばらくすると、作ぎょうぎをきたおじさんがやってきて、じょうかそうの点けんを始めました。じょうかそうのそう風きがこわれていて中の菌が少なくなったため、悪臭がしてきたそうです。

　ぼくは、なぜ菌がへると悪臭がするのか、わからなかったのでママにきいてみました。

「家から出るトイレやおふろの水をじょうかそうの菌がきれいにしてくれるのよ」

と答えました。

ぼくは、ばい菌はきたない物だと思っていたので、なぜ水がきれいになるのかわかりませんでした。そこでぼくは、インターネットでけんさくして、ジョー・カソーはかせのワンポイントかいせつというかんきょう省のサイトで、じょうかそうのしくみを調べてみました。

家庭から出たはい水は、けん気せいび生物がいるへやにながれていきます。そこでよごれた水にふくまれる有き物を分かいします。そのあと二番目のへやでも同じくけん気せいび生物で水がじょうかされます。三番目のへやには空気が大すきなこう気せいび生物がいます。ここではブロアというせん風きのような物でさんそを水の中におくりこんで、こう気せいび生物を元気にして水中の有き物をさらに分かいします。そのあと、ちんでんそうでよごれをちんでんさせてから消どくそうでえんそ消どくをして水を川にながします。

わが家では、ブロアの調子が悪くてこう気せいび生物による分かいができなくなり悪臭を発生したことがわかりました。じょうかそうの菌の元気がなくなってしまうといろいろな問題がおきてしまいます。ぼくはすごいシステムだと感動しました。じょうかそうを考えた人には、ノーベル賞をあげてもいいと思います。なぜならそのおかげで、悪臭を毎日かがなくてすむからです。

ぼくは、じょうかそうのび生物を守るために、トイレにトイレットペーパーい外の物をながしたり、油たっぷりのラーメンの汁をながしたりしないように気をつけたいと思います。

ぼくの住んでいる所には、下水道がないので、水をきれいにしてかんきょうを守るじょうかそうを大切にして、いやな臭いのない生活をおくりたいです。

佐野　舜介（福島市立大森小学校３年）
特別賞

きれいな川を増やしたい

「うわぁ、気持ちいい」「あっ、魚が泳いでいるよ」「カニも見つけた」

僕は、八月四日から八月六日まで三日間、静岡県の親子わくわくピクニックに参加しました。二日目に体験した黒俣川の自然ウォータースライダーがとても楽しく、川の水がとてもきれいだったので、とても感動しました。何と、カニや魚、オタマジャクシ、メダカ、をあっという間に見つけることができました。僕の住んでいる福島市では、オタマジャクシは、田んぼで見つけていたので。川で泳いでいたのはびっくりしました。また、クレソンやセリなどの草も見つけました。お母さんから、

「ゆでて、食べられるんだよ」

と、聞いて、また、びっくりしました。そして、ここ黒俣川には、岩や石でできた六十メートル位の自然のウォータースライダーがあり、うきわに座って、川に流されるまま、下流の部分まで流れていけるのです。僕は、と中、草や岩にぶつかる時もあったけれど、おもしろくて、何度も何度も、スライダーで遊びました。そのうちトンボがとんできて、僕の頭の上のとまりました。セミの鳴き声も聞こえてきました。自然っていいなぁ。空気もきれいだし、水もきれいです。一生けん命になって探さなくても、魚やカニ、メダカなどもすぐに見つけることができました。きれいなみずなので、くさい臭いもしませんでした。石がぬるぬるしたり、川の水がにごったりしてません。僕の家の近くの阿ぶくま川はにごっていいます。臭いです。なぜ、同じ川なのに、こんなに違うのでしょうか。

工業の発達による工場からの排水、昔の暮らしよりも便利になった家庭生活からの排水などにより、せっかくの自然なきれいな川の水が汚れてしまい、やがてそれが、海に流れて、海の水も汚染されてしまっていると、社会科の授業で習いました。そこで、人間はエコな生活に気付いて努力しなくてはいけないことも学びました。

でも、エコな生活をしなくてはならないと分っていても、実際はどうでしょうか。僕は、電気をこまめに消す。燃えるゴミと燃えないゴミを分別することぐらいはやっています。日本全体、世界全体で考えた時、環境破壊による温暖化がまったなしで、迫ってきている今、本当にどうしなくてはならないのか、大人も、子どもも、本気でできることから考え、すぐに実行していかなくては、この僕の出会った黒保川のような自然がなくなってしまいます。

そこで、僕は次の三つのことを考えました。①排水に油を流さない。②環境にやさしい洗剤を使う。③ムダに水を使わない。この三つのことを今日からやって、まず、日本のきれいな川を増やしていきたいと思います。

そして、僕みたいに、自然のウォータースライダーでたくさんの人に楽しんでもらいたいです。

菅野　祥汰（福島市立福島第三小学校４年）
福島市教育長賞

小さなことから始めよう！

「えーこんなに！」

ぼくは思わず声を上げてしまった。一日にこれほどの水を使ってしまっていたのだ。朝起きてからの洗顔、歯みがき、食事の用意後片づけ、もちろん飲み水。トイレ、それから…。

そして、学校でもたくさん水を使っている。手洗い、うがい、掃除に図工の時間の絵の具での色ぬり、夏はプールにも入る。朝起きてから夜寝るまでいつも水はいっしょにある。これは当たり前のことだから考えたこともなかった。しかし、実は世界中の人々みんながぼくたちのように水を好きなだけ使えるというわけではないのである。

四年生の社会では、安全な水ができるまでを学習した。今まで、当然のように何も考えずに使ってきた水がこんな風にして手に入るのだと初めて知った。安全な水を手に入れるため、多くの人が働いている。

この学習をきっかけに、僕は水についていろいろ調べてみたくなった。世界の水事情にきょう味をもったぼくは、本やインターネットで調べてみた。なんと世界では十億人以上の人々が安全な水を手に入れることができない。中でも約半分は子どもだ。アフリカでは、体を清潔に保つ水が手に入らず、人々は腸チフスや寄生虫、下痢などの病気に苦しんでいる。こうして安全な水を手に入れられず、毎日４千人、毎年１５０万人あまりの子どもが命を落としている。そして、５人に１人が15才になる前に亡くなってしまっているのが現実である。

ぼくたちはじゃ口をひねればすぐに安全な水を手に入れることができるが、世界にはそう言った国ばかりあるのではない。水くみという大事な仕事があるのだ。それは、主に子どもたちの仕事である。何時間もかけて水くみに行くため、学校で勉強する時間がないという。勉強をしたくてもできないのである。なんてかわいそうだろう。そして、ぼくたちは、なんて恵まれているんだろうと思った。ぼくは一枚の写真が強くいんしょうに残っている。安全でない汚れた水でも、子どもたちは喜んで水をくみ、いつも笑顔なのである。水はにごっているのに、子どもたちのひとみはかがやいていた。

ぼくたちに何ができるだろう。ぼくは、今すぐにできることを考えてみた。そして、いかに水のむだづかいをしていたかに気が付いた。洗顔や手洗いの時は、少しだけ水を出す。歯みがきではコップ一杯の水と決める。このようにとても小さなことではあるが始めていきたい。そして家族みんなで取り組み、一人一人がその輪を広げていけば、大きな節水につながる。また、世界の水事情についてもさらに調べてみんなに伝えていきたい。

ぼくの将来の夢は医者になることである。安全な水が手に入らず病気で苦しんでいる世界の人々を必ず助けたい。

大谷　温樹（あつき）（伊達市立上保原小学校４年）

伊達市教育長賞

世界を支える水

水は、この大きな世界を、何年も、何十年も、何百年も、何千年も、何万年もかけてまわっています。

あるときは、「ざぶーん、ざぶーん」と波打つ海であり、あるときは「モクモク」と大空を渡る雲であり、あるときは「ザァーーー」と大地を満たす雨であり、あるときは「チロチロ」と地中を流れる清水であり、あるときは「ゴォー」と力強く流れる川であり、あるときは「ゴクゴク」と人ののどを潤す飲み水であり、あるときは植物の成長を助ける水となり、このような過程を通してまた海へともどる。そうして世界をまわっています。これを、「水の循環」といいます。

この世界には、たくさんの水が存在しています。いつも身近にある水。もし、そんな水が、この世界から消えたなら？　あぁ、なんてことでしょう。海がなくなってしまったら魚たちが生きられませんし、海水浴ができなくなります。雲がなくなってしまったら、日差しが強く、夏は大変です。雨が降らなくなってしまったら、大干ばつが起き、野菜も植物もひからびて死んでしまいます。清水や川がなくなってしまったら、淡水性の魚たちがいなくなり、山の緑もなくなっていくでしょう。飲み水がなくなってしまったら、きれいな水を飲むことができなくなります。このような被害があるのなら、私たち人間も動物たちも、生きる事がたいへん困難になるでしょう。

このように、水は、すごく世界を支えています。そうとは分かっていても、水を大切にしようと思えていない人は、まだこの世界にはいます。私も以前はそうでした。分かっていても、「まあ、少しぐらい」の軽い気持ちで水を出しっぱなしにしてしまうことがありました。でも、「水の循環」を知ったとき、水を節約しようとしなかったあの時、その時のことをとても後悔しました。水って世界を支えている、大切な資源なんだ！　と思い、それからは水を大切に扱うようにしました。

みなさんは、水をどのように思っていますか。水は世界を支えている、とても大切な資源です。そんな資源をこれから、ずっと守っていかなければならないと、私は思います。

すばらしい「水」という資源が、これからもずっと、この世界に在り続けるために。

命の水

菅野　まみ（新地町立新地小学校６年）
新地町教育長賞

みなさんは、世界では汚い水のせいで八秒に１人が死んでいることを知っていますか。

僕は、テレビで汚い水しか飲めない貧しい国の子供達の番組を見ました。

その国では、水汲みは女の子の仕事でした。その女の子達は、でこぼこの道を片道四時間、ポリタンクを両手に持って歩いて水を汲みに行っていました。水を汲んだ後は、重くなったタンクを持ち四時間かけて戻ります。合計で八時間、つまり一日の三分の一の時間を水汲みに使っていることになります。

しかも、汲んできた水は、まるで泥水のように汚く、その水で洗濯したり、顔を洗ったり、料理に使ったり、そのまま飲んだりしていました。

それを見て僕は正直、気持ち悪くなりました。あんな汚い水を飲むなんて。その人たちは、その水を飲むしかないのです。その水を飲まなければ、死んでしまいます。

ところが、その水の中には、バイ菌やウイルスがたくさん入ったままなので、生きるために飲んだその水のせいで病気になり、一年間に三百万人の子どもが死んでいるそうです。

世界に、そんな人達がいるなんて、僕は初めて知りました。

僕が水を飲む時は水道の蛇口をひねるだけで、一秒もかかりません。コップに入った水は泥水ではなく、とう明できれいな水です。

四年生の時、僕は浄水場の見学に行きました。そこでは、ダムから来た水を、泥を使ってろ過したり、薬を使ってバイ菌を殺したりして、安心して飲める水に変えていました。

その時はそんなの当たり前じゃないかと、思っていたのですが、この番組を見た時に、日本の浄水場は僕らの命を守ってくれるすごいシステムなのだと気付きました。

この方法が貧しい国にあれば、あの女の子たちもきれいな水を飲めるものだから、日本はそういう国にお金を出してあげればいいのにと思いながら番組を見ていると、実際貧しい国で井戸を掘る仕事をしている人の様子を映していました。貧しい国の人達は学校にも行けずに生活しているので、お金をもらってもすぐに使ってしまい、何も残らないので、お金も大事だけれど、そのシステムを教えてあげることなのだと言っていました。

番組の最後に「水は時間、水は教育、水は希望」と言っていましたが、確かに水汲みの時間を節約できれば、その時間で勉強ができるし、勉強ができれば、人々が安心して暮らせる社会を自分達で作っていけるのです。

今まで当たり前に使っていた水も、当たり前ではない人達が世界にはたくさんいるということを知った僕は、これからはもっと水を大切にしていこうと思いました。そして世界で水のために困る人が少しでも減るよう、僕はこれからいろんなことを勉強して、何か役に立てることができたらいいなと思いました。

山田 壱成（白河市立白河第一小学校5年）

弘済会福島支部長賞

2018年

雨とわたし

わたしのたん生日は、なぜか毎年決まって雨がふります。お母さんに聞いた話だけれど、私が生まれた日も、ものすごい大雨で、かみなりがゴロゴロなって、病院が何度もてい電したそうです。今年も何となく、雲行きがあやしくなってきました。先週まででは晴れの日が続いていたのに、今週からはいきなりのくもり空。まるで、わたしのたん生日に向けて、空が雨のじゅんびを始めているみたいです。

わたしは、小さいころから大事な日にかぎって必ず雨がふります。キャンプは毎年雨だし、楽しみにしていた旅行も雨、そういえば、今年は遠足も雨でした。どうしてこんなに雨がふるのかな。日ごろの行いが悪いからという人がいます。失礼な話です。私は宿題は帰ったらすぐにきちんとやるし、妹とちがってお母さんにおこられるようなことだってぜったいにしません。自分でいうのもなんですが、どちらかと言うといい子だと思います。

「だったら、かおちゃんは雨女なんでしょ」

お母さんに言われました。

「雨女？なにそれ」

全くいいひびきではなかったので、ちょっとムッとしました。雨女って雪女とかと同じようかいではないよね、わたしは決してようかいではない、と思いました。

「雨女って、その人が出かけたり、何かしようとすると雨がふっちゃう、て人のことだよ」

なるほど。たしかに、それ、わたしのことだと思いました。

自分が雨女だと思えば、今までのこともなっ得できます。でも、なっ得できても、わたしだって、すきで雨にふられてしまうわけではないのです。色いろ考えたけど、雨はわたしの力では、どうすることもできないのです。

そんなことを考えているうちに、いつの間にか雨がふってきました。これからおじいちゃんと庭のバラの手入れをするところだったのに。ほらね、いつもそう、と心の中で思いました。そしたらおじいちゃんが言いました。

「お、めぐみの雨だな。これはバラも喜ぶぞ」

めぐみの雨。いいひびき。わたしはなんだか少しうれしくなりました。そして、雨がやむと、空にきれいなにじが見えました。

わたしは多分、雨女です。自分が楽しみにしている日は決まって雨がふります。今年のたん生日もきっと雨です。新しい自転車がとどくけど、きっと乗れません。でもこの雨で喜んでくれる人がどこかにいるなら、雨女としては少しだけうれしく思います。ただ、これからも何かある度に雨がふってわたしのせいにされるとこまるからお友だちには、わたしが雨女だってことは、ぜっ対内しょにしておこうと思います。これは、わたしと家族だけのひみつです。

滝澤 菫（伊達市立保原小学校４年）
準ざぶん大賞・福島県教育長賞

変身の神様

ぼくには、高校生のお兄ちゃんがいます。お兄ちゃんが大すきです。お兄ちゃんはかっこいいです。色々なことを知っています。お兄ちゃんがいいました。

「れいくん、くもは、何でできているかしってるかい？」

「わかった。わたあめ」

「ああ…みためはそうだね。でもね、くもは、小さい氷で、できているんだよ」

「小さい氷はうくの？　小さい氷じゃ、かみなりさまがおちちゃうね」

「ん？　かみなり？　ああ…そうだね」

お兄ちゃんがわらいながらいった。それを見ていたママが
「えらい。お兄ちゃん」

といった。

するとお兄ちゃんは

「おれも大人になったからね」

とまたわらいながらいった。

「れいくん、かみなりさまは、くものかみさまで、水にもかみさまがいるんだよ
水のかみさまは、水を色々な形に、へんしんさせるんだよ。だから、水のかみさまを、おこらせると、たいへんなんだよ。大雨ふらせたり、川をはんらんさせたり、大きい波を、おこしたり、雨を何日も、ふらせなかったり、するんだ」

「何日も雨がふらなければ、やさいも、花もかれちゃう。お水ものめなくなっちゃう」

おにいちゃんが、水がないと生きては、いけなくなるんだよといった。人の体は、ほとんど水でできているんだよといった。

じゃあ、ぼくの体は、かみさまでできているんだよね。じゃあ、ぼくも、色々へんしんできるかもしれない。ぼくもスーパーマンになれるかもしれない。スーパーマンは、力もちだから、田んぼに、水をいっぱいはこんだり、おぼれてる人をたすけたり、できるんだ。車も、もちあげられるんだ。ぼくがかんがえていたら、ごはんをつくっていたママがいった。

「大人になったら、へんしんできるよ。なんにでも、へんしんできるよ。あきらめないで、がんばれば、なんにでも、へんしんできるよ」

って言った。

夢の雨降らしマシーン

佐藤　黎依（福島市立松川小学校２年）
ざぶん文化賞

雨が欲しい場所に雨が降って、雨はもう要らないという場所で雨を止ませることができたら、どんなにいいだろう？

今年の豪雨災害のニュースを見て、僕はそう強く思いました。

多くの人たちが大雨による土石流で命を落とし、大切な家族を亡くし、命が助かったとしても、大事な家や車、その他すべての物が流されて、そのニュースを見て僕は悲しくなりました。そして、もう雨なんか要らないというのにどうしてその場所にだけいっぱい雨が降るのだろう。その雨を砂漠や乾燥地帯に降らすことができたら、一石二鳥でみんなが幸せになるのではないかと思ったのです。

そこで僕は、どうしたらそんなことができるのか考えてみました。そして思いついたのが「夢の雨降らしマシーン」です。

雨は、海から蒸発した水が雲になり、それがいっぱいになると雨になって降ってきます。つまり、雲を自由に移動することができたら好きな場所に雨を降らせることができると思いました。では、雲を移動するにはどうしたらいいのか、そこが問題です。

僕の家では、洗濯物を乾かす時に除湿機を使っています。洗濯物の水分を機械の力で吸い上げるのです。大きい除湿機のような機械を空にあげて、雨雲を吸い取り、その機械を雨の欲しい場所まで移動して、そこで吸い取った雨雲を放出しその場所で雨を降らせるのです。

大きな除湿機のような機械は、大きなドローンで自由自在に動かします。それだけ大きなことをするには大きなパワーが必要ですが、ドローンと巨大除湿機に取り付けた太陽電池パネルで電気を作ります。雲より上に機械を飛ばすので、雲に邪魔されることもなく太陽の光を取り放題です。

この「夢の雨降らしマシーン」ができたら、地球上から砂漠がなくなり、大雨による災害もなくなり、いつでも丁度よく雨が降るから作物だって計画的に作れます。運動会や遠足など雨が降ってほしくない日には雨を降らせないことができるし、こんなにいいことだらけなのに、どうして頭のいい科学者の人たちはこんな簡単なことを思いつかないのだろう、と両親に言ってみたら、

「きっと科学者の人達だってそういうことは考えていると思うけど、その機械を作れないのは、もっと

何か天気の複雑な仕組みとかがあるのだと思うよ」と言われました。

そうか、僕が小学校で習った天気の仕組みは簡単なもので、本当はもっと複雑なものなのかと思いました。でも、僕の「夢の雨降らしマシーン」ができたら本当に地球のためになると思うので、これからぼくは、もっといっぱい勉強して、いつか夢の機械を完成させたいと思います。

山田　壱成（白河市立白河第一小学校６年）
特別賞

外来種に罪はない

外来種に罪はない。これは外来種という名で呼ばれ、一方的に嫌われるだけになってしまった生き物に対するぼくの考えです。

外来種というと一般的には生態系を乱す悪者と思われがちです。しかし元々は、食用やペットという人間の一方的な都合だけで輸入飼育された後、逃げられてしまったり、大きくなり過ぎて飼育しきれなくなったことを理由に野に放たれた生き物が、ただ生きているだけなのです。在来種より少しだけ生命力が強く、その数を増やし続けた結果、それらは生態系を乱す生き物となってしまったのでした。ぼくは今、そんな悪者扱いされる生き物を駆除する活動に参加しています。ぼくの住む市にある松川浦という潟湖とその付近の自然環境を次代につなぐための団体「はぜっ子倶楽部」の一員としてです。今回は、その倶楽部の活動の一つであるウシガエルの駆除についてまとめました。

月一回のその活動を、ぼくはとても楽しんでいます。なぜなら、あまり機会に恵まれない、汽水域での調査ができるからです。また、水生昆虫を自分の手で捕獲後いつもは図鑑で確認するその生態も、専門家である三田村先生にその場ですぐ教えてもらえるからです。今回はどんな生き物が見られるのだろう、駆除対象のウシガエルは捕獲できるのだろうか。ぼくは一ヶ月前から設置されている捕獲用のワナをそんなワクワクした気持ちで、三田村先生と、同じ会員の人達と一緒に確認していきました。全部で十三個あるワナの中で、一番ぼくを驚かせたのは六つ目のワナの中身でした。なんとそのワナに入っていたのは二匹の大きなカラドジョウだったからです。

カラドジョウは二十世紀半ばに日本に食用として導入された、いわゆる外来種です。ウナギのようにその太い胴体は、ぼくが家の前の田んぼで捕獲し飼育しているドジョウの五倍以上あり、ドジョウ好きのぼくでもひいてしまうほどの気持ち悪い大きさでした。

「こんな物まで入ってきてしまったのか」

三田村先生も驚きショックを受けているようでしたが、ウシガエル以外の巨大な外来種の捕獲に、他の会員の人達も興奮していました。

東日本大震災から七年。震災前には生息していなかったウシガエルの駆除は、その発見から三年がたった今も続けられ、時にはオタマジャクシもワナに入っているのが現状です。動いている物を何でも食べてしまうウシガエルのせいだけではないとは思うけれど、以前には飛ぶ姿が見られたヒヌマイトトンボは、今、この汽水域はもちろん、松川浦のどの場所でも見ることができなくなっています。ぼくはこの駆除活動に参加し続け、いつかこの汽水域でヒヌマイトトンボのヤゴを発見したいと考えています。また、駆除対象となってしまっているウシガエルが外来種として嫌われることなく、ただの生き物として生息できる水辺があるといいなと思っています。

林 佳瑞（かずい）（相馬市立中村第二小学校６年）

特別賞

水の力

最近、「想定外」と言われる悲しい災害が続いています。地震や津波、台風、そして集中豪雨。

七年前の東日本大震災では、マグニチュード九・〇という日本における観測史上最大の地震がおき、十メートルを超える津波が人々をのみ込みました。

そして、今年は西日本が豪雨に見舞われました。激しく降り続く雨は一瞬にして河川の氾濫や浸水、土砂災害を引き起こし、「想定外」の甚大な被害をもたらしたのです。

しかし、いつも使われる「想定外」という便利な言葉。これらの災害は、本当に「想定外」だったのでしょうか。

日本は島国です。周りを海で囲まれた私たちの国は山地が多く、火山の国でもあります。そのことは昔から続く歴史からも読み解くことができます。

江戸時代中期に「天明の大飢饉」と言われる飢饉が発生しました。元々の悪天候や冷害に重なるようにしておきた噴火。冬とは思えない温かさは、地面から水分を奪い、雨が降らず乾いた大地は作物を実らせることができませんでした。多くの方々が亡くなり、人々は天を見上げ、雨乞いをしたそうです。

水は、我々人間には必要不可欠です。人間の体の約七十パーセントは水分で構成されていると言われています。人間だけではなく、動物や植物、地球上に生きている生命すべては水を欠かすことはできません。

しかし、突然に襲い掛かる水を、我々人間は受け止めきることができず、多すぎる雨は甚大な災害に結びついてしまいます。必要な水が、ある日脅威へと変わるのです。

先日のニュースで、ある企業が台風のエネルギーを発電へと結びつける研究をしているとの特集がありました。

「攻撃は最大の防御」との言葉があります。災害から身を守り、防ぐだけではなく、大地を揺るがし土地を削り取るほどの膨大な自然のエネルギーを冷静に受け止め、人間にとってプラスに変える力を身につけていかなければならないのだと強く感じました。

人間の歴史の中で、いつの時代も大きな困難はありました。神の怒りとされた「雷」や「月食」も、現代では科学的に説明することができます。

今こそ、「想定外」の災害を怖がらず、エネルギーに変える革命が必要なのではないでしょうか。

これまでの歴史で繰り返された災害。我々人間には、それを恐れずに立ち向かう力があると私は信じています。自然界の大きなエネルギーをくい止め、それを排除するのではなく、豪雨すらエネルギーに変換して、利用する技術を我々人間は身につけられるはずです。

人間にとって大切な「水」を、人間に役立つ「力」に変えたい。私は将来、その一役を担える大人になりたいと強く思います。

山田　樹里（新地町立駒ヶ嶺小学校5年）

特別賞

沖縄の海

私は毎年、家族旅行で沖縄に行きます。最初のころは沖縄本島の海の青さに感動していましたが、宮古島や石垣島のり島に行くようになり、きれいなサンゴしょうを見て感動しました。

海にもぐると、色も形も大きさもちがうサンゴを見ることができます。そして、そのサンゴの中や回りに、きれいな色のお魚がたくさんいます。まるで海の中の森や花畑みたいに見えます。

サンゴは動物で、イソギンチャクやクラゲのなかまで、口の周りにあるしょく手でプランクトンを食べています。また、サンゴの周りにある「かっちゅうそう」からえいようをもらっています。「かっちゅうそう」とは、光合成をする植物です。サンゴとかっちゅうそうは、おたがいに、必要なものを供給し合って生きています。私たちが見ているカラフルな色のサンゴは、このかっちゅうそうの色がサンゴの色として見えています。

　近年、地球おんだん化による、海水温の上昇により、サンゴが白くなる白化げんしょうが問題になっています。白化げんしょうとは、かっちゅうそうがいなくなってしまうことでサンゴが白く見えます。かっちゅうそうがいなくなるとサンゴは、えいようがもらえないので二週間くらいで死んでしまいます。白化げんしょうでサンゴが死んでしまうと、波が海がんをくずし、りく地が小さくなったり、生たいけいのバランスがくずれたり、天ねんのぼう波ていが少なくなったりします。サンゴしょうは海の生物、そして人にとってもかかせないそんざいなのです。

　サンゴの白化げんしょうをふせぐために、わたしたちにできることは何かを考えてみました。電気をこまめに消す、海にゴミをすてない、あぶらや食べのこしをはい水こうに流さない、サンゴをこわさないことです。小さなことでもわたしたち一人一人が出来ることをするだけで、地球温だん化や水しつおせんからサンゴを守ることができると思います。わたしは、石がき島で見た、あのきれいなサンゴのためにやっていこうと思います。サンゴがわたしたちを守ってくれていることをわすれずにかんしゃして、いつまでもきれいなサンゴしょうが見られるように、わたしたちができることをつづけて、みんなで海を守っていけたらいいと思います。

高濟（たかすみ）　寧々（ねね）（二本松市立二本松北小学校４年）
特別賞・うみまる福島賞

田んぼのみんなの願い

「水が足りなくなってきたね」

水カマキリが言いました。今田んぼでは、田んぼに住む生き物が話し合っていました。

「なんでだろう」

ホタルが首をかしげて言いました。

「決まっているさ。人間がたくさんつかっているからだろ」

　ゲンゴロウがあきれたように言いました。

「そうだよ。人間が僕達の事を一つも考えていないからこんなことになるんだよ」

とヤゴが言ったら、

「じゃあどうする」

とホタルが聞きました。

「それならかん単じゃよ。川の一番上にいる水神様にたのめばいいんじゃ」

　タニシが得意気に言いました。

「タニシさんは水神様に会ったことがあるの」

　みんなは、ビックリして聞きました。

「わしはないが、昔、ギンヤンマが話してくれた」

　みんなは、大喜びです。

「でもだれが川の上まで行くの」

とホタルが心配そうに聞きました。

「じゃあ、オニヤンマくんに行ってもらおう」

　水カマキリが言いました。それから２日後、

「行ってきます」

　オニヤンマは元気に言うと、川の一番上目指して行ってしまいました。飛んでいる間オニヤンマは（水神様ってどんな神様だろう）ドキドキワクワクの気持ちで川を上がって行きました。そのと中、鳥に食べられそうになりましたが、なんとかきりぬけました。やっとつくと、そこには石があり、「水神」と書いてありました。

「お願いです。田んぼのみんなが水不足で困っています。どうかお助けください」

　オニヤンマが石に向かってそう言うと、

「よかろう」

と聞こえました。それを聞いたオニヤンマは安心して帰ることができました。４日後、ドキドキ、ワクワクの気持ちで帰って来たオニヤンマは、田んぼにつながる川を見てビックリしました。その理由は、川にすき通ったとう明な水があふれんばかりにあるからです。

「うわぁ、すごいや」

オニヤンマは、目をきらきらさせています。それを見つけたゲンゴロウは、

「おーいみんな、オニヤンマが帰ってきたぞ」

と大声でさけびました。それを聞きつけた生き物たちがぞろぞろやってきて、

「ありがとう。お礼の気持ちでいっぱいだよ」

「ぼくたちの生活が良くなったのは、君のおかげだよ」

とたくさんの声をオニヤンマにかけてくれました。

「うん。ぼくもうれしいよ」

　オニヤンマも、ニッコリ笑って言いました。それからというもの、田んぼに、住む生き物たちは、水にこまらず、幸せに、暮らしていきました。

門馬　幸（みゆき）（二本松市立旭小学校４年）
二本松市教育長賞

水のれきし

　ぼくは、つりがだいすきです。川や海でつりをしたり、田んぼでイモリやカエルなどをとってきます。その中で何で川や海に水があるかとふしぎに思い調べました。

　地球は、水のわく星という別名があるように、えき体の水がほうふにあります。この水は、どこから来たのでしょうか。それには、２通りの考え方があります。

　一つは、地球でできたという考え方です。地球は、小さな天体がしょうとつをくり返して、だんだん大きくなってできました。できたばかりの地球は、とても熱く、表面の岩石は、マグマのようにドロドロにとけました。すると、こ体とつながっていた気体の成分がこ体からはなれて外に出てきたそうです。こうして気体の水そとさんそがむすびついて水じょうきができました。やがて地球がひえて水じょうき

が雨となってふりそそぎます。そして海ができたのです。

もう一つは、いん石が運んできたという考え方です。オーストラリアでマーチンいん石といういん石が見つかりました。このいん石に熱をくわえる実験をしてみると、水じょうきが出てきました。つまり、どこかでつくられた水がいん石の中にふくまれていて、地球に運ばれてきたとも考えられるのです。さらに、マーチンいん石からは、アミノさんが見つかりました。アミノさんとは、生き物の体をつくっているタンパクしつの元です。もしかしたら水だけでなくせい命もいん石によってうちゅうからやってきたのかもしれません。

ぼくは、マグマのねつで水になったのかと思いました。もしかしたらこのアミノさんで生き物ができたのかもしれませんね。いん石にアミノさんがはいっているなんてとてもビックリしました。1Lのマグマでどれくらいの水じょうきができてどれくらいの水ができるのかふしぎに思いました。たしかにマグマもえきたいだから水分があるから水じょうきがでるんだと思います。あんなにあついのに水じょうきができるなんてすごくびっくりしました。

こんかい調べてみていん石説ともともとあった説がありました。ぼくは、もともとあった説だと思いました。なんでいん石説じゃないと思うのは、地球ができたばかりのころは、まだうちゅうができたばかりのころだったからまだいきものは、いなかったからいん石説はちがうと思います。ちじょうをほって水があったあとが海の海めんといっしょだったらそのちそうをしらべてどれくらい前に水があったかしらべられると思います。これからも水がどうやってできたのかをしらべていきたいです。

紺野　桜雅（おうが）（二本松市立二本松北小学校４年）

アポロ環境賞

かえるとせみの声が聞きたい

わたしの住んでいる町は、一面の田園地帯です。毎年、田んぼに水が入ると、いっせいに「かえるの合唱」が始まります。とてもにぎやかです。

雨がふりそうな時や雨の時は、特に大合唱です。まるで子守歌のようです。

夜中、目がさめたときも、聞こえてきます。あんなに小さな体で、大きな声を出す「かえる」ってすごいと思います。

ところが、今年は、あまり「かえるの声」を聞くことはありませんでした。雨がほとんどふらないから、「かえる」もなかないのかな？　暑いから「かえる」も、すずしいところにひなんしているのかな？

「かえるの合唱」が聞きたいです。

お母さんが昔の話をしてくれました。昔は夜中まで「かえるの合唱」と、「せみの合唱」がすごかったよ。「あまがえる」の鳴き声もすごいけど、「うしがえる」のひくい牛のような鳴き声「モーモー」と鳴く「かえる」もいることを教えてくれました。今度、聞いてみたいと思いました。

「うしがえる」は、その田んぼやぬまの主になっているから、昔は毎年同じ場所で鳴いていたそうです。けれど、最近は聞かれなくなったとの事です。

せみも、朝早くうすぐらい時間と、夕方暗くなるころに「カナカナカナ」と鳴く「ひぐらしぜみ」・「ミーンミンミン」と日中鳴く「みんみんぜみ」がいて朝から夜まで鳴いていたことも教えてくれました。

地形的にはあまり変わっていないのに、昔いた生き物が、今はいなくなってしまっていることも教えてくれました。

お父さんが「地球温だん化」や「東日本大しん災の後田植えの時期がおそくなり」、そのために田んぼの水を引く時期もおそくなったから、「かえる」の数がへってしまったのかな？　と話してくれました。

特に、今年の夏はとても暑いです。毎日、35度をこえ、エアコンなしでは生活する事が出来ません。

そのため一日中エアコンをつけています。そのことも、地球温だん化を勧めていることもお父さんが教えてくれました。

人間は、暑いとき・寒いとき、エアコンやだんぼうでかいてきに生活することが出来ます。しかし、かえるや魚や動物は暑さ寒さをがまんしています。たえられないときは、死ぬしかないのです。今年もベランダでたくさんのメダカのち魚が生まれました。それでも水温が、35度をこえてしまい、たくさん死んでしまいました。とても悲しかったです。どうしたら死なないで大きくすることが出来るのでしょうか。

昔のように、たくさんの、こん虫やかえるのいる生活が出来るようにするためには、どうしたらよいのでしょうか。

菅野 未悠（国見町立国見小学校４年）
弘済会福島支部長賞

2019年

ゆううつな雨の日

今年は雨の日が多く、7月に入ってからはほぼ毎日、雨がふっていた。

雨の日はとてもゆううつだ。なぜなら、私はもうれつなくせ毛で、特に前がみが湿気でぐるりとあばれだしてしまうからだ。

朝は一番大変で、くせ毛にねぐせが合わさる。ドライヤーで整えても、スプレーで固めても、なかなか思ったようにならない。その上、たとえ、朝、調子良く整えられたとしても、プールや汗でまた、グルンとうずを巻いてしまう。それでも、毎朝時間ぎりぎりまで、鏡の前でかみを直すのが、私の日課になっている。

両親には、

「もう学校に行く時間なんだから、もういいでしょう。どうせ、すぐにもとに戻っちゃうんだから」と、言われる。

そんな事は分かっている。でも、そうはいかない。少しでもましな状態で、学校に行きたいからだ。私がそう思うようになったのは、クラスの男子のある一言からだ。

その日も朝から雨がふっていて、おまけに体育で汗をかいていた後だった。体育館から教室に戻って、次の授業の準備をしていると、近くの席の○○君が、私のおでこをじっと見て、こう言った。

「藍浬の前がみって、『ゲソ』みたいだね」

私は、最初、何を言っているのかが分からなかった。

「ゲソ？」

理解するのに数秒かかった。

理解したのと同時に、怒りと恥ずかしい気持ちが一緒になって、私の顔を真っ赤にした。

しかし、目の前にいる○○君の顔は、けしていじわるを言ってやったぞという顔ではなく、何か大発見をして、つい、心の声が出てしまった、という表情をしていた。

○○君は幼稚園のときから一緒で、男子の中では仲が良い方だったので、悪気がないのはすぐに分かった。

私がショックで何も言えないでいると、チャイムが鳴ってしまった。その後の授業は、頭の中で『ゲソ』の事がグルグル回ってしまって、あまり頭に入らなかった。

「私の前がみが『ゲソ』って！　もっと良いたとえがあったでしょ！」

と、○○君に言いたかったが、言えなかった。

モヤモヤした気持ちのまま、家に帰って、この事を家族に話した。

すると、妹にはからかわれ、母にはゲラゲラ笑われたあげく、○○君の発想がすばらしいとほめてまでいた。

そして、

「お父さんもお母さんも、くせ毛なんだからしょうがないよ」

と、軽く言われ、私の心のシャッターはガラガラと音をたてて閉まった。

齋藤　藍浬（二本松市立杉田小学校6年）
準ざぶん大賞

最強はだれだ

今年の家ぞくりょ行は、新がたの海。すな浜には、いっぱいの穴があちこちにある。どうやら、カニのすみからしい。かれの名前は、イワガニ。テトラポットをすみかとしているイワガニは、強い。大きなイワガニを、ゲットするのにパパとお兄ちゃんがいどんだ。

「イテテテテーイテェー」

と、パパがさけぶ。

ぼくはこわくてたすけられない。す手ではさわれない。ティッシュ一まいをとり、チャレンジしたが、いたすぎる。こわすぎる。水もふかくて近よれない。どうしようと思っている間にパパは、

「かくほ」

と言って、一人でクリアしていた。

パパはすごい。かごやバケツをもってこなかったから、ふくろとペットボトルにいれた。

お兄ちゃんが

「今日の食ざいをゲット」

と言って、貝をとってきた。

カニを見て

「カニ汁だな」

と言って、テトラポットのあいだをピョンピョンととびこえて、あっというまにむこうにいってしまった。

ぼくは、カニもとれないし、とびこえることもできないので、すな浜をたんけんすることにした。

すな浜にはゴミもいっぱいおちていた。ぼくの大すきな、ダンゴ虫の新せきのフナ虫がいた。すばや

くて、つかまえられなかった。ぼくは食ざいも、虫もとれなかった。

35度をこえるあつさだったが、海風がとてもきもちよかった。ぼう波ていの所まで歩いて行くと、花がかざられていた。だれかがなくなったのかな。とにかくこわくなってみんなのところに走ってもどった。

帰りの車の中で、とつぜんパパが

「足をつかまれた」

と、言った。

えっ、ゆうれいかな、さっきのお花があったから、ぼくがつれてきたかな、ぼくはせ中がぞわぞわして、お兄ちゃんにしがみついた。

今度は、ママが、

「うわぁー」

と、さけんだ。

どうしたの？　何？　車をとめてかくにんすると、カニが2ひきだっそうしていた。

あーあ。そりゃあそうだよね。食べられちゃうんだもん。

でもぼくは、ゆうれいでなくてほっとした。そして、かくほされたカニは、きっと勝てないと思っただろうね。ぼくも、パパにはかてない。でも、ぼくにもかてるのがある。ぼくは水泳がとくいだから。今度は、水ぎをもって、ゴーグルをもって、海にもぐって勝負だ。ふかい海にも、もぐってみたい。こわいけど、しっかりじゅんびしてリベンジだ。

よく朝、カニは、みそ汁になって、ぼくのえいようになった。

海の話をばあちゃんにした。ばあちゃんは海そだちだ。

「そのうちできるようになっから、大丈夫。波はあれてなかったか？　ぼんをすぎっと、波があれるから、入ってなんねえよ」

と、言われた。

なんでときいたら、

「つれてかれんだー。波にさらわれる」

と、言った。

ぼくは、またぞわぞわした。昔の人の話は、きいた方が良い。ぼくはそれをしっている。

ぼくは思った。勝負のあいては、ばあちゃんかもしれない。

一滴の水

佐藤　黎依（福島市立松川小学校3年）
水産庁長官賞

「水が出ないよー。いったい、どうなっているの？」

ぼくは、あわててお母さんをよんだ。

成虫にかえった、たくさんのカブトムシにゼリーのえさをあげていたところだった。

ぼくの手はべとべとしていて、くさかったのであらいたかった。

「あら、おかしいわねえ」

と、おかあさんも首をひねった。

調べたら、水道の工事中で水が出なかったのだ。仕方がないので、おとなりの家の人に水道をかりて、手をあらうことができた。

「あーすっきりした。水が出なくてびっくりしたよ。水が止まるとすごくふべんなんだね」

と言ったら、お母さんが、6日間も水が出なくて、もっともっと大へんだった時のことを教えてくれた。

それは、ぼくが生まれる6日前におきた、東日本大しんさいの時の話だった。

地しんで水道が止まってしまったために、トイレはながせないし、おふろにも入れないし、ごはんも作れなかったなど、ふつうの生活ができなくなったことだ。

ぼくは、たったの30分間、水道が止まっただけでもすごくふべんだなあと思ったのに、それが6日間もつづくなんて、そうぞうしたらぞっとした。

そのあと、ぼくが生まれそうになり、お母さんがびょういんに入いんした時も、まだ水が出なくて、ぼくを安全なかんきょうの中で生むことができるか、すごく不安だったことも聞いた。

そして、

「こんな物しか出せなくてごめんなさいね」

と言われ、かんごしさんから出されたぞうすいは、今でもわすれられない味だと言っていた。

それは、ひさしぶりにあたたかい物を食べることができたからだ。

お母さんは、大へんな思いをして、ぼくを生んでくれたんだなあと思った。

ぼくは、この出来事をきっかけに、じゃ口をひねると、水が出てくるのが当たり前だと、今までは思っていたが、そうではないことが分かった。

そして、ぼくなりに家ぞくと水道について、調べてみた。水道水は、ぼくの家にとどくまで長旅をしてきていることや、そのと中でのめる水になるために、いろいろなしせつでじょう水作ぎょうをしていること。

せかいには、まだ安全な水がとどかない国や、いじょう気しょうで水不足になっている国がたくさんあるようだ。

一番おどろいたのは、地球上にあるすべての水を、おふろのよくそうにたとえると、使える水は、そのうちのたったの一滴しかないことだ。

その一滴を、せかい中のみんなで分けあって生きている。

ぼくは、ふしぎな気もちになった。水を出しっぱなしにしないことなど、自分でできることから始めたい。

「きちょうな一滴の水のために」

猪狩（いがり）　結斗（ゆいと）（伊達市立伊達小学校３年）

特別賞

川のバカヤロー

「またか…」

川に落ちたボールを拾いながら、ぼくは思った。

そう、今、ぼくは祖母の家、京都に来ている。ここは、いなかの中のいなか、ドいなかだ。オニヤンマが入ってきた、蚊に30個さされた、なんて日常茶飯事だ。そして、さっきの川もある。深さはくるぶしくらいで、サンダルで歩くと、水がキラキラはねて、気持ちがいい。とても浅いので、桃太郎の桃が流れてこようものなら、周りの石にぶつかって、きずだらけになってしまうだろう。

そのくせ、ボールはころころ運んでいってしまう。そして、そのボールを取りに行くのは、たいていぼく。ボールを取りに行くのは、いとこの中で一番年下のぼくの役割なのだ。落とすのは、ボールだけじゃない。フリスビーもバドミントンのシャトルも、ぼくが取りに行く。

ぼくが取りに行くと、キラキラと笑いながら、

「またおとしたのか。下手くそだなぁ」

って、言ってくる。

「うるせぇ」

と、ぼくは言い返してやる。

ドボンした時もそう。

そこは、川を少し下ったところにある5、60センチメートルくらいの深いところだった。幅は1メートルちょっと。そこを、兄とその友達が立ち幅跳びで飛びこえるのを見たぼく。

ぼくは、

「ちょっと遠いけどいけるかも」

と思い、えいっとジャンプした。

その結果、見事にドボン！ と太ももまでぬれてしまった。

そんな時も、

「下手だなぁ。無理すんな」

って、言ってきた。

いなかの遊びで一番楽しいのは、ささ舟流しだ。浅い浅い川なので、ゴールするのはきせき。大きな石もあるし、落差の大きいところでは、まきこまれてひっかかってしまう。そのぶん、いとこの舟より速くゴールできた時は、自然と笑みがこぼれてしまう。

川も、

「やるなぁ」

と、ニヤリと笑っている。

空が急に暗くなる。雷鳴がひびく。夕立だ。水かさが増す。勢いが増す。どろ水になる。すさまじい音だ。こんな時、川は恐ろしい顔をしている。

「絶対に近寄るなよ」

全身をうねらせ、すべてを乱暴に流していく。楽しい遊びを、自然の恐さを、ぼくはこの川から学んだ。家や都会では見られない生き物　―　ヘビやトカゲ、イモリ―　見ることができた。

今年の夏も、もう終わる。

来年もまた来るからな。

「まってろよ、川」

西形（にしかた）　天佑（てんすけ）（福島市立福島第三小学校５年）
特別賞

ホタルのすむ里山で考えたこと

月の光がない夜。おじいちゃんの田んぼに、小さな光がゆっくりと点滅しながら漂っている。ホタルが水辺を飛びかう景色は、ずっと見ていてもあきない。私の大好きな時間。

この景色をながめられるのも、今年が最後になるのかもしれない。おじいちゃんの一言で、私は急に心配になった。ホタルを見ながら、おじいちゃんはこう言った。

「ホタルはね、きれいな水があるところでしか生きられないんだよ。たくさんの農薬を使うと、ホタルは、ここで生きていくことができなくなるんだ」

私ははっとした。水によって命をつないでいるのはホタルだけではない。水にすむ魚、それを食べる鳥や動物、人も水があるからこそ生きているのだ。それなのに、人間は自分たちの都合で、水を汚してしまっている。

５年生の社会科で、公害について学んだ。生活の便利さを追い求めた結果、水や大気が汚染され、人間の健康被害が問題となった。一度汚染された環境を元にもどすには、とても長い年月がかかる。大切なものを失って初めて、自分たちの失敗に気付くという経験をしてきたのだ。

しかし今、私たちは、同じような問題をかかえている。ホタルのすむ里山だけでなく、世界をつなぐ海にも問題がある。それは、マイクロプラスチックの問題だ。新聞記事で、「２０５０年には、マイクロプラスチックが、魚の量を上回る」という予測を知った。人間が使ったプラスチックが、分解されずに海に流され、海の生物の命をおびやかしている。

プラスチックは、大きさに関係なく海の生き物を苦しめている。死んだクジラのおなかから、大量のプラスチックゴミが出てきたという事実を知った時、私はぞっとした。エサと間違えて飲みこみ、胃の中で消化されずにいたのだから、長い間苦しかっただろう。人間が捨てたごみが海に流れ着いたことが原因なのだから、私たちが殺したようなものだ。だから、この問題は必ず人間が解決しなければならない。

私には何ができるだろうか。海に流れてしまったプラスチックゴミを回収することはできない。全世界の人々が、限りある地球の資源を少しずつ使っていくことが大切だ。自然環境に悪影響を与えそうなものを使わないように気を付けて生活したい。

おじいちゃんは、農薬を使わずに米作りをしている。雑草や害虫など、大変なこともたくさんあると思うけれど、ホタルが飛びかう田んぼが好きで、私たちに見せたくて、そうしているのだ。おじいちゃんが守ってくれた水辺の環境を私も大切にしていきたい。

私が住む里山と海はつながっている。世界は水でつながっているのだ。これからもずっと、ホタルの飛びかう景色を見たい。生き物が元気でくらせる海を見たい。そのために、水環境に関心をもち、自分にできることを考えて行動していこうと思う。

佐久間　雫（二本松市立東和小学校６年）

福島県選考委員長賞

水ってありがたい

ぼくの、祖母が生まれたのは南会津の只見町。ぼくの家から3時間かかる。同じ福島県なのに遠い所だ。でも、遊びに行くことを楽しみにしている。それはなぜかというと一番の理由は夏休みの水遊びだ。

おじさんの家に行く途中には伊奈川が流れている。ハヤやアユなどきれいな水で見かける魚がたくさんいる。家の前には音を立てながら小さな細い小川があり、どこの家にも池がある。そして、大きなコイが口をパクパクして泳いでいるのだ。ぼくが小さかったころ家の前の小川で姉と服がぬれるくらい、冷たい水をかけ合って遊んだ。よく見ると小さい魚も泳いでいた。

「こんなきれいなところに住めてよかったね」とぼくは、魚に言った。

水は、ぼくたちの生活にかかせない物だ。水がなかったら、ぼくたちの毎日食べる米や野さいは実らない。茶わんをあらう、風呂に入る、ご飯をたくさど生きていくにはなくてはならないしげんなのだ。

最近では夏が40度ちかくまで上がり、もう暑が続き冬は雪が少ない。祖母の生まれた只見でも雪国なのにここ何年かは雪が思ったようにつもらず、雪祭りの雪を集めるのが大変だとおじさんから聞いた。おじさんが、子どものころは身長をはるかにこえ、玄関からは入れなくなりはしごをかけ2階から出入りするほど雪がふったそうだ。ぼくには想ぞうできなかった。タイムスリップしてたくさんつもった雪で遊んでみたいなあ。

今は地球温だん化で危機がせまっている。水温が上がれば魚もへってしまう。雪がふらないと水不足になり田んぼの稲が育たなくなる。ぼくたちが、大人になったみらいもきれいな景色が続くように一人一人が、どんな小さなことでも気をつけていくことが大切だと思う。

今年のお盆に、ぼくは1年ぶりにひいじいちゃんのおはかまいりに只見へ行った。ぼくが大好きな小川の水がキラキラ光って流れているのが見えた。車からまっ先におり池のコイをながめた。昨年よりも大きくなっていた。

「これもきれいな水のおかげかな」

とコイが泳ぐ様子をじっと見ていた。そして

「ぼくも、もっと大きくなるぞ」

と思いながらトウモロコシをかじった。来年は、つめたい小川の水でスイカを冷やしてみんなで食べたいな。

小島(おじま) 緋唯呂(ひいろ)（伊達市立上保原小学校４年）
伊達市教育長賞

涙

悲しいとき、嬉しいとき、私の身体から流れ落ちる涙。

悲しい涙は、唇を噛み締めながら静かに流してゆくと心は浄化される。体裁や分別もなく、わんわんと泣くと心は晴れる。

嬉しい涙は止まらない。どんどんどんどん溢れてくる。心は温かくなり幸せになる。そんな涙が大好きである。

果たして涙はどこから来るのだろうか。

私達の体重の60％以上は水分である。

私達が毎日学校で勉強したり、元気に活動したりするために欠かすことのできない水。

水は命の源と言われている。まさに、その水分で私達の身体のほとんどができている。

そして、その水分で生かされている。

しかし、その一方で、その水により命が奪われている現実もある。

今、世界中が温暖化現象に悲鳴を上げている。温暖化は、世界中の大気や海洋温度を上昇させ、大規模な台風を発生させている。南極や北極の氷が溶け、極地で活動する動物の住み処が奪われている。世界

各地で頻発する集中豪雨もそうである。命の源である水は、時には脅威となり私達を襲う。かけがえのない水は毎年多くの命を奪っている。

紀元前のエジプトでは毎年ナイル川が氾濫していた。しかし、その氾濫を人々は心待ちにしていたのも事実である。「ナイルの恵み」それは、上流からの肥沃な大地の恵みのことである。氾濫があるからこそ作物がたわわに実る現実があり、そこには人々の天地への感謝があった。今、私達は自然への感謝を忘れていないだろうか。近代になり濁流を抑えるダムを造成した。氾濫はなくなったが、失ったものもあった。

嬉しさと悲しみは交差する。常に表裏一体をなす。雨不足に涙を流し、豪雨にも涙を流す。炎暑の夏の海、冷たい海水に浸り歓喜の声を発する一方、津波の真っ黒な海水に怯え恐怖の声が響きわたる。

脅威なのか希望なのか。水は人間にとってどちらの存在なのだろうか。

この答えはすぐに見つかる。人間を含めた生物や植物等の水は決して欠かすことのできない大切な存在であるからだ。つまり、水は脅威ではなく希望でしかありえないのである。私達は脅威を理解し、その未然防止に努め、希望の水と共に生きる努力をしなくてはならないのである。

では、涙は必要なのか。

涙は眼を保護する大切な役割を担うと共に、人間だけに与えられた特権でもある。また、人間は他の生物とは異なり言葉と感情を持ち、感情により涙を流すことができる。

悲しいとき、寂しいとき、痛いとき、嬉しいとき、人間は涙を流す。しかし、どの涙も心のバランスを保つためには必要である。

自分の身体から流れ出る大切な涙。私達は嬉し涙を多く流すべきである。一度しか生きることのできない人生であるから。

山田　樹里（新地町立駒ヶ嶺小学校６年）

新地町教育長賞

おたまじゃくし

びおとうぷにいったら、
かえるや
おたまじゃくしや
とんぼが、
いっぱいいいたよ。
どんどん、
おたまじゃくしが、
そだってきたよ。
みんな、
かわいかったね。
きがあるから、
ひからびないよね。
ほたるがいるかもしれないけど、
いないよね。
でも、
ちょこっとだけ、
いるかもしれないね。
なぜかというと、
みずがきれいだから。

菅波　瑠那(るな)
（川内村立川内小学校１年）
川内村村長賞

小川のカエル

ぽこぽこ、ぷくぷく、しゃらららら。

ある村の外れに、小さい小川が流れていました。暖かい春の日差しを浴びて、カエルが２匹、日向ぼっこをしています。

「やあやあ、カジカガエル君。今日もいい天気だね」

「そうだね、ツチガエル君。ほらごらん、ちょうちょさんたちもうれしそうに、タンポポの周りをとんでいるよ」

２匹は、自分たちの近くをヒラヒラとぶちょうちょを見つめていました。

ぽこぽこ、ぷくぷく、しゃららら。

その時です。

「おおい！　大変だぞ！　えらいこった、えらいこった」

息を切らして、アカガエルがやって来ました。

「今、もっと上の方に住んでいるトノサマガエル君に聞いたんだが、どうもおれたちのすみかが危ないらしい…」

「え？　どういうことだい？」

２匹は、真っ赤な顔をしているアカガエルを見ながら、ふしぎそうにたずねました。

「いいか、おどろかないで聞いてくれよ？　どうも、少し上の方で、人間が工事をするらしいんだ。何でもそう遠くない時期に始まるらしい。その辺りに住んでいるトノサマガエル君たちは、どこに引っ越そうかと困っていたよ。ここからそう遠くはないんだ、おれたちだって、もしかしたら新しいすみかを探さなくてはいけなくなるぞ」

ぽこぽこ、ぷくぷく、しゃららら。

それを聞いた２匹は、だまってしまいました。小川のせせらぎだけが、聞こえてきます。

工事のうわさは、あっという間に他のカエルたちにも広まり、急いで引っ越すカエルもいました。

「カジカガエル君、これからどうするつもりだい？」

「まだ決まっていないよ。ここみたいに住みやすい所は、そんなにかんたんには見つからないさ。ツチガエル君は？」

「ぼくは、工事が始まるまで、ここにいるつもりだよ。ちょっとでも長く、ここにいたいんだ。出来れば君と、ずっとここにいたかったよ…」

月の明かりが２匹をそっとてらします。２匹は、ホタルが横切る姿を、ただだまって見つめていました。

ぽこぽこ、ぷくぷく、しゃららら。

数週間後、大きな音と地ひびきで、２匹は目を覚ましました。

それから２匹がどこに行ったのか、知っているカエルはいないそうです。ほら、耳をすましてみてください。

ぽこぽこ、ぷくぷく、しゃららら。

もしかしたら、あなたの家の近くの小川にひっそりとくらしているかも知れませんよ。

水の赤ちゃん

長谷川　慶佑（福島大学附属小学校3年）
和装いわき文化賞

生まれる前の水の赤ちゃんは、雨のつぶ。山に雨がふり、何年か土の中でねむり、やっと生まれてくる。山からちょろちょろと少しずつ生まれてくる。生まれた赤ちゃん、だんだんと流れていき、川に出た。少しずつ大きくなった水の赤ちゃん、川に入るとたくさんの生き物たちと友だちになった。ヤモリやカエルやおたまじゃくし、トンボのよう虫ヤゴ、そのほかにもいろいろな生き物たちがいた。水の赤ちゃんは、いろんな生き物たちと遊びながら大きくなっていった。生き物たちは、自分よりも小さい虫や魚、ときには自分より大きな生き物を食べながら大きくなっていった。山の生き物たちは、水がキレイじゃないと生きられない生き物もいた。山の生き物たちは、キレイな水をまもって生きていた。

水の赤ちゃんは、どんどん流れて行った。と中で雨がふったりもして、川は太く大きくなっていった。水の赤ちゃんも大きくなり子どもになった。山で遊んでいた生き物たちともわかれて町に出た。町の川はコンクリートでできていた。コンクリートでできた川も生き物はいた。山にいた生き物たちとは少しちがっていたが、水の子どもは、いっしょに遊んだ。遊んでいるうちに気がついた。自分がよごれてきていることに。回りを見ると、たくさんのゴミが流れてた。ドロのあわがぷくぷくうかんでいるところもあった。ザリガニたちは少しすみにくそうにいた。水の子どもは他の所も行ってみたくなったので、田んぼや、ため池、ほかの川に行ってみた。その場所によって生きている生き物も、少しずつちがった。水の子どもは楽しくなった。いろんな友だちもたくさんできた。

川はどんどん太く大きく長くなった。くねくねする所もあった。水の中にすむ生き物たちともずいぶん仲よくなり水の大切さも知った。川のはばも大きく広くなり海がみえてきた。水の子どもも大人になり大きな海に出た。海にはふかく大きな魚や小さな魚、川では見たことのないタコやイカ、クラゲやたつのおとしごなどもいた。よごれていた自分もいつのまにか海にいくとキレイな水になっていた。水は、海の生き物たちに山での友だちや川の生き物たちの話をした。水はもうりっぱな大人になっていた。

ふと気がつくと水は小さな雨つぶにもどっていた。白くふわふわとした中でしばらくくらしていた。雲の中だ、なつかしい下をみると町がみえた。川もみえた。友だちは元気かなあと思った。とつぜん水は雨つぶとなって山にふりそそいだ。葉にたどりつくと、地面に流れおちた。ここで土の中に入り何年も何年もねむりきれいな水となるのだ。水はまた、友だちと遊びたいなぁと思いながら長いねむりについた。

吉田　怜奈（新地町立駒ヶ嶺小学校３年）
弘済会福島支部長賞

2020年

茶わんと水

　ぼくは、いつもふしぎに思っていることがありました。おじいちゃんの家にとまりに行くと、おじいちゃんとおばあちゃん、ひいおばあちゃんが、朝ごはんの最後に牛にゅうを飲みます。その時、かならず使い終わったご飯茶わんに牛にゅうを入れます。なっとうを食べた時でも、そのまま牛にゅうを入れて飲んでいます。ぼくは、どうしてコップを使わないのかな、変な味にならないのかなと、いつもふしぎに思っていました。

　先月、おじいちゃんの家にとまった後、お母さんにどうしてなのか聞いてみました。お母さんは、

「わたしが小さいころから、おじいちゃんたちはそうやって飲んでいたなー」

と思い出して、

「昔は、今のような水道はなかったから、井戸や川の水を使っていたんだよ。茶わんを洗うのも大変だったから、使う食器の数を少なくしたり、茶わんのよごれを落としたりするために、牛にゅうを入れて飲んでいたんだと思うよ」

と、教えてくれました。ぼくは、そんな理由があったのかとおどろきました。そして、水を使うりょうをへらすための工夫だったのだと分かり、おもしろいなと思いました。

　ひいおばあちゃんが若かったころは、箱ぜんという物を使っていたそうです。一人一人に小さな箱のテーブルがあり、茶わんや汁わん、皿、はしがセットになっていたそうです。食器は三日に一回くらいしか洗わなかったようで、食器をきれいにするために、最後にたくあんでよごれをとって食べて、お茶を入れて飲んでいたそうです。ぼくは、少しきたないなと思ってしまいました。今は食器は毎日必ず洗い、機械で自動で洗うこともできます。でも昔は水を自由に使えなかったので、色々な工夫をして、水

を大切に使っていたのだと分かりました。

　ぼくは、水を使えることは当たり前だと思っていました。でも、これからは昔の人の工夫を思い出したり、少しまねをしたりしてみたいです。そして、水を大切に使えるようになりたいと思います。

小野　蒼真（そうま）（伊達市立伊達小学校４年）
ざぶん大賞・福島県教育長賞

水生昆虫

　ぼくのすんでいる葛尾村には、野川川と葛尾川が合流して、高せ川が流れている。ぼくは、水生昆虫が好きで、ぼくの家のわきを流れている野川川で、二年生の時から水生昆虫をつかまえ、かんさつしている。長ぐつをはいて、川のまん中までいき、草の下をあみですくったり、石をひっくり返したりして、つかまえている。タニシが一番多く、ヤゴ、ミズカマキリ、カゲロウの幼虫などがとれる。一番つかまえて、うれしいのは、ミズカマキリ。タガメににていて、かまの形がかっこよくてすき。

　水生昆虫をしいくすることはむずかしい。早いものだと一週間もたたないで死んでしまう。今まで一番長いきしたのがギンヤンマのヤゴで半月ぐらい。理由は三つある。一つは水。水そうにためた水や水道水だと、水温が上がったり、薬が入っていて、虫にとってどくになったりするからだ。二つ目は、水そう内のかんきょうで、土がにごるとどろ水になり、はげしい動きをすると、エサがみえなくなるからだ。三つ目は、エサの問だいだ。カゲロウの幼虫が一番いいのだが、カゲロウの幼虫は土の中にもぐってしまいヤゴはエサを食べられない。本当だと、人間がピンセットでヤゴの口の前につき出すといい。だけど、ほかの昆虫のせわがあるときは、ほかのケースに入れて、エサを食べさせる。

今年、はじめて自分の力で、ギンヤンマのヤゴをつかまえることができた。とてもうれしかった。でも、このままましいくし続けると前にもらったヤゴのように死んでしまうので、元いた田んぼへにがした。

田んぼには、コオイムシがうじゃうじゃいる。コオイムシは三~四センチメートルで、おしりにこきゅうかんがあり、タガメのように、かまの形が同じで、体の形もにている。水そうでかうと、えさのとりあいであらそいして強いものだけしかエサをたべれないので、しいくするときは、大きさが同じものを二~三びき入れてかうといい。

葛尾村にあるニットせいひんを作る工場の梅ざわさんによると、

「葛尾村の水は、ちょうなん水で、高きゅうのニットせいひんをつくるのにとてもいいんだよ」

と、言っていた。この水が水生昆虫にとっても生きていくのにちょうどいい。

ぼくは、これからも水生昆虫をつかまえて、かんさつすることがすきなので、今のままきれいな水でいてほしい。

松本 功記(こうき)
(葛尾村立葛尾小学校3年)
ざぶん環境賞

じいちゃんがみせてくれたもの

「初どりのぶどうだぞ。食べてみろ」

じいちゃんが一ふさのぶどうを持ってきた。

「ちょっとすっぱいけど、おいしい！」

じいちゃんの家は、福島県の川内村にある。ぼくは、じいちゃんの家に遊びに行くのがいつも楽しみだ。なぜなら、みんなに会えるのもうれしいけれど、じいちゃんや、ばあちゃんが心をこめて作ったお米や、新せんな野菜をごちそうになれるからだ。

ぼくと弟は、着くなり、家の横にあるビニールハウスに入ってトマトをまるかじりしていた。弟は手に持ちきれないほどのトマトをかかえて、口の周りをトマトのしるだらけにしてかぶりついている。そこへ、じいちゃんがぶどうを持ってきてくれたのだ。

じいちゃんは、む中に食べるぼく達をみてわらった。そして、ぶどうや野菜を作ることでの苦ろう話をしてくれた。

九年前の東日本大しんさいで、川内村は放射能のために全村ひなんになった。人が住んでいない間にイノシシなどの動物が人里におりて来たえいきょうが今ものこっている。そのために、ビニールハウスの周りには動物よけの電気さくが作られている。

「しゅうかく前になると、やられちゃうから心配なんだ」

と、じいちゃんは顔をくもらせた。

「野菜やぶどう達は、じいちゃんからみれば、自分の子どもみたいなもんだね」

と、ばあちゃんが目を細めた。じいちゃんがいかに苦ろうして農業を大切にしているかが分かった。じいちゃんは、こう話を続けた。

「でも、ゆいと。一番大事なのは、水だ。水がなきゃ、話になんね。そうだ、明日、千のう川とへぶす沼さ、行ってみっぺ」

ぼくは、その日の夜は、遠足に行く前の日の夜みたいにわくわくして、なかなかねつけなかった。

次の日の朝、じいちゃんに連れられて、みんなで出発した。人里をはなれて山おくへと進んで行くと、ふくしまの水辺百せんになっている「千のう川」に着いた。

「うわー、きれいな水。いわながいるぞー」

ぼくは、む中になっていわなを追いかけた。

その後、上流へい動して、国の天然記念物に指定されているモリアオガエルのはんしょく地の「へぶす沼」にたどり着いた。

「みてー、大きいオタマジャクシがいるよ」

そこでじいちゃんに、村民の努力によって、モリアオガエルのぜつめつを防ぐことができた話を聞いた。すごいことだ。ぼくは、ゆたかな自然にふれ、また村民の話を聞き、川内村の新たな宝を発見できてうれしくなった。

そして、自分も前に一滴の水の大切さを勉強して、水のむだ使いをしないようにしていることを話した。じいちゃんはほめてくれた。

沼のほとりに名よ村民の草野心平さんの歌ひをみつけて、ぼくも俳句を作ってみたくなった。

たくましい　千のう川の　いわなたち
生き生きと　かえるの広場　へぶす沼

真夏のループ

猪狩　結斗（伊達市立伊達小学校4年）
ざぶん文化賞・玉ざぶん賞

暑い。

暑い。暑い。暑い。

ただ学校に行くだけで、汗がダラダラ、背中はびちょびちょ。学校に着いて汗をふきふき。プールの授業でもあったらいいけど、今年はプールもコロナで中止。

授業中もひたすら暑い。

下敷きをうちわ代わりにみんなであおぎっこ。生ぬるい風でウェーってなるだけ。

怖い話で涼しくなるかな？　と思ったけど、力いっぱい怖くて逃げて結局汗だく。

暑い。暑い。暑い。

下校じこく。地獄の時間。アスファルトがゆらゆらして見える。モアっとした空気に顔をしかめる。友達と帰る間は元気。別れた後は、ただただ暑さとの闘い。太陽が恨めしい。

やっと、家に着く。水を飲み干す。至福のひととき。お風呂に入って汗を流す。さっぱり爽快。生まれ変わったみたいだ。

佐藤　ゆうみ（伊達市立梁川小学校６年）
ざぶん文化賞

いきるためにひつようなみず

みずは、ぼくたちいきるものにとって、とてもたいせつなものだとおもいます。

のどがかわいたらかならずのみたくなるし、おふろにはいるときや、おかあさんがおすいじをするとき、せんたくをするときもかならずつかいます。

きょねんの、たいふうで、十かぐらいだんすいしたときは、すごくたいへんなおもいをしました。

でも、ぼくのいえには、ほりぬきのいどみずがあります。このいどみずは、ちか、五十めーとるからわきでているみずです。ぼくの、ひいひいおじいちゃんのじだいにほってつくったものです。

このみずが、だんすいのとき、だいかつやくしました。いどみずがないいえのひとたちがたくさんくみにきました。みんなとってもよろこんでくんでいきました。うちのかぞくも、このみずのおかげで、いつもとかわらないせいかつができました。おとう

さんはいつも、

「この、いどみずをひいてくれたじいちゃんにかんしゃしないとな」

と、いっています。ぼくも、そうおもいました。

いま、ふつうに、あたりまえのようにつかっているみずも、かんきょうがかわってしまえば、なくなってしまうかもしれません。

そうなってしまったとき、また、いどみずにたすけてもらうひがくるとおもいます。そのときに、こまることがないように、ずっとたいせつにしていかないといけないと、ぼくはおもいます。

ぼくたちいきるものすべてのいのちをまもってくれているみずに、かんしゃしながら、かんきょうもんだいをすこしでもわるくさせないように、できることを、ちょっとずつでも、していこうとおもいます。

水戸　豪輝（新地町立新地小学校１年）
特別賞

温泉

母と温泉に行ったときのこと。

「ガラガラガラ」

戸を開けたとたん、ムッとした熱気に顔が包まれた。なんとも言えない鉱物のにおいが立ちこめている。私はこのにおいがあまり、得意ではない。石のような、土のような古いにおいに、私は口を真一文字にとじた。

真っ白な湯気の中では、たくさんの人が体を洗ったり、湯船につかったりしていた。洗い場が混んでいたので、私はかけ湯をして湯船に入った。

「うっ。熱い」

本当は大きな声でさけびたかったが、周りの人の目が気になったので、心の中で絶きょうした。やっと肩までつかったとき、白い湯気の向こうから視線を感じた。よく目をこらして見てみると、そこにはこわい顔でこちらを見つめる女の人がいた。湯船のふちにねっころがって、周りを見わたしている。その目は、鋭く光っているように見えた。

「この人はこの温泉の主だ」

私はそう思った。主は私の目を見て、

「どこからきたの」

私と母はおどろいたが、

「近くですよ」

と、母が答えると、主はみけんにシワをよせたまま、

「そうかい」

と、ぶっきらぼうに答えた。私は母と目を合わせた。二人とも目が点になっていただろう。

しばらくして、走り回っている小さな子どもをみた主が、

「こらっ、あぶないぞ」

と、声をかけた。すると、反対側から、

「そうだ。けがをしたらあぶないだろう」

と、別の声がした。主と同じように、けわしい顔をした女の人だった。

主は一人ではなかった。複数いて、温泉のルールを守らない人や、あぶないことをする人などを、きびしく注意していた。

私は、みんなが気もちよく温泉を利用できるように、見守る役目を果たしているのが、主だと分かった。

私がお風呂を出るとき、主は、

「また来な」

と、笑顔で言った。

私は、

「はいっ」

と、返事をして、その場を去った。着がえを終えて、ガラス戸ごしに湯船の方を見ると、白い湯気で主は見えなかった。

「ゆめだったのかなぁ」

と、私がつぶやくと、母はニッコリ笑った。

大河原　千暖（ちはる）（伊達市立梁川小学校４年）
伊達市教育長賞

ごみ拾い

朝、お父さんが、とつぜん言ってきた。

「下の畑に、ゴミがたくさん流れついたから拾っておいて」

その日は、台風19号で、学校が休校になっているからのんびりできると思っていたから、いやな気持ちになりました。

「ゴミ拾いなんておもしろくないよ」

ぐちを言いながら、ヤッケを着て、ゴム手ぶくろをして、長ぐつをはき、畑に向かいました。下り坂を下って、沢の近くにある畑は、あちこち、ひびが入っていて、土手は、くずれていて、とてもカラフルなゴミが、たくさん落ちていました。沢は、いつもなら、ゴミだらけで草ぼうぼう、でも大雨で、どろだらけの岩がピッカピカにみがかれて、とてもきれいになっていました。そしてゴミが、みんな畑に入ってきているのです。自分が捨てたゴミじゃないのにどうしてこんなゴミが流れてくるのと思いました。畑で育てている野菜の成長に良くないからそのためにもがんばろうと思いました。大量に流れてきたゴミには、意外な物がありました。それは、農機具の部品でした。

「重いのに、よく流れてきたね。さびてるよ。昔のドロップ缶見つけたよ。母さん、昔の皿かな？ 文字書いてあるけど、読めない」

畑のはずなのに、骨とう屋さんみたいです。三ツ矢サイダーのデザインが、今とは、ちがう空き缶を見つけて、母さんに見せると

「なつかしい昭和の缶だよ。すごい」

「昔の人は、ゴミを沢に捨てていたんだよ」

母さんは当然のように言ってました。わたしは、

「昔の人はゴミの分別を知らなかったのかな？ 今の人達がこまっていますよ」

と思いながらゴミ拾いを続けていると、1センチもないカニをつかまえました。こんな小さなカニは、初めて見ました。お姉ちゃんが、

「こいつの名前は、カニ缶だ。よし、こいつを育てるぞ」

母さんが苦笑いをしながらカニをつついて、

「畑の真ん中にカニ、食うのか」

二人の話は、とても笑えたけど、わたしは、

「きっと、ここの自然は良い所で土も水も、良いんだよ」

と、こうふんしながら話すと、

「そうだね。だったら畑もカニも早く元通りにもどしてやろう。台風も悪い事ばっかりじゃないでしょ。ゴミをやっつけようよ」

母さんが重いふくろをしょって集め始めました。

私は、ゴミ拾いを最初にやっていた時はつまらなかったけれど、カニを見つけられたことや昔のドロップ缶の文字がおもしろかったこと、畑がとてもきれいになっていったことから、やってよかったと思いました。最後につかまえたカニを、そっと沢に返してあげました。

ポイ捨ては、知らないだれかにめいわくをかけています。何十年後に、めいわくをかけないように、カニがたくさんいる沢になるように今もゴミを拾っています。

門馬　文佳（二本松市立旭小学校４年）
二本松市教育長賞

川のせいれい

私はカワネ。小学6年生。私は川の精れいを信じる。川の精れいは、この村に古くから伝わる川の守り神。この話を聞いたのは、私が6歳のころで、おばあちゃんに教えてもらった。その時から私は、おばあちゃんが見たことがあるというその精れいに、私も会ってみたいと思った。昔は家のうらの川でもよく見かけた精れいも、最近は見なくなったとおばあちゃんが言っていた。どうしても精れいに会ってみたい。

精れいを探しに家のうらの川に向かったのは夏休みの終わり。私はわくわくして、川の周りを探した。川ぞい、草の間、土手の上。もう少し上流にも行ってみた。けれど、探しても探しても精れいは見つからなかった。そのかわりいくつものゴミが落ちていた。時間も遅くなり、しかたなくその日は家へと帰った。次の日、また精れいを探しに川に出かけた。それでも見つけたのはゴミばかり。3日目、明日は始業式。夏休みは今日が最後。私は、精一ぱい探した。けれど、やっぱり精れいは見つからない。

「やっぱり精れいなんていないんだ……」

日もくれ始めた。あきらめて帰ることにした。

空は夕焼けになり、うっすらと赤くそまっていた。もうすぐ真っ暗になるはずなのに、帰り路はなぜかみょうに明るくて、なんだか不思議な感じがした。すると、何度も探した場所なのに、見たことのない石だたみの道を見つけた。気づくと、さそわれるように私はその道を進んでいた。どこまでもどこまでも続くような道。

「あなたがカワネさんね」

無意識のように歩く私に不思議な声が聞こえてきた。はっとして周りを見たけど、だれもいない。そして、その声は耳にというより、私の心に聞こえるようだった。

「もしかして……精れいさん」

「そうよ。ずっと探してくれていたのに、姿を出せなくてごめんなさい」

精れいは、私が探していたことを知っていたんだ。でも、

「どうして現れてくれないの」

「川にゴミがあって、陸にあがれないの」

そういえば精れいを探しているとき、ゴミがあちこちにあった。川がよごれているから精れいと会うことができなかったんだ。川を私たち人間に手でよごしてしまったことにごめんなさいという気持ちでいっぱいだった。

声が聞こえたのはその時だけだった。いつの間にか元の道で、夜になろうとしていた。結局、精れい

に会うことはできなかった。でも、まちがいなくはっきり聞こえたあの声。それから私は、ゴミが川の近くにあったら拾うようになった。もう声を聞くことはないけれど川をきれいにするたび、「ありがとう」と言っているように感じる。私達人間がよごしてしまった川は、私達人間がきれいにしなければならないから。

（葛尾村立葛尾小学校６年）
松本　彩楓（あやか）
葛尾村教育長賞

別世界のけ色

令和元年10月12日、台風19号がぼくたちの住む二本松をおそいました。ぼくの家はあぶくま川と六角川が合流する近くにあります。ぼくは、よく自転車に乗ってあぶくま川サイクリングロードをさんぽしながら川をながめるのが好きです。川の流れを見ていると、あっという間に時間がすぎるからです。川は同じ場所で見ていても日によって、流れる速度や色、水の量などちがって見えます。

ぼくの家のそばには、あぶくま川の他に二本松市内を流れてあぶくま川に流れこむ六角川があります。六角川は、あぶくま川よりかなり細いちょろちょろとゆるやかな流れの川です。

そんなある日台風が近づいてきました。いつもの雨とはちがって、ごうごうとたきのような音が夜中続きました。家の中にいるのに、すごい音がして家がこわされて雨が入ってくるのではないかと、こわくてねむれませんでした。

　よく朝、目がさめると雲一つない晴天で昨日の台風がうそのようでした。しかし、まどの外を見ると茶色の水が家の目の前まできていました。ぼくは、長ぐつをはいてお母さんと一緒に外の様子を見て歩きました。ふだん水の無い所に水がたまっていて、ぼくの家がポツンとうかんでいるようでした。お母さんから、あぶくま川のはんらんをふせぐために、六角川からあぶくま川に流れこむ水門をしめたことで六角川の水があふれたと聞きました。大きなひがいをふせぐためだったんだなと思いました。

　外のけ色は、いつもとちがって空が水面にうつってきれいに見えました。空を見上げても青い空、水面を見ても青い空でふしぎなかんじがしました。昼は太陽、夕方は夕陽、夜は月が水にうつっていて、ほう石のようでした。それは、水がきれいだからこそ太陽や夕陽、月が水面にうつったんだと思いました。台風のせいで、こわい思いをしたけれど、よく日にはふだんでは見ることができない、ふしぎなけしきを見ることができました。水は時として、人をいやしてくれたり、人をきょうふにおそうことがあるんだなと思いました。

　台風19号は、ぼくの住む二本松には、それほど大きなひがいはなかったけれど、他の地いきには大きなひがいがあったとお母さんが教えてくれました。いつぼく達の住む二本松にひがいが起きてもいいように、今ぼくにできることはなんなのか、考えながら生活をしていきたいです。

二階堂　瑠威(るい)　（二本松市立二本松南小学校４年）

弘済会福島支部長賞

第２章

中学生の部

2011年

あたりまえの水

「水が出た!!」

姉のひとことで、私たちは飛び起きた。五人家族が一斉に台所に集合し、蛇口から流れる水の感触を確かめた。

蛇口をひねれば水がでる―そんなあたりまえのことができなくなるなんて、それまで考えたこともなかった。3月11日の大地震。その日以降、私たちの「あたりまえ」は、あたりまえではなくなった。

その日の夜、携帯電話が全くつながらず、連絡が取れなかった父が家に来るなり、

「断水になるから、水いっぱい汲んでおいて」

それだけ言うと、また仕事に戻っていった。

「わざわざそれだけを言いに?」

私たちはぽかんとしたが、母はすぐに動きだした。みんなで、家にあるありったけの容器に水を汲んだ。それでも心のどこかで、今目の前で蛇口から出ている水が止まることなんてことが本当にあるのか、もしそうなったとしても、すぐに元に戻るだろう。そんな風に思っていた。

次の日、水は本当に出なかった。お風呂には入れない、洗濯もできない。それでも水は足りなかった。給水所はあったが家からは遠い。ガソリンも不足していて車も使えない。そんな時、

「うち、井戸水出っからなんぼでも使いな」

近所の方がわざわざ家にそれを伝えに来てくださった。本当にありがたかった。私たちは何て恵まれているんだろうと思った。

それから毎日、朝も夜も水を汲んだバケツや鍋を持って、何度も何度も往復した。水を運んでいて、一日にこんなにもたくさんの水が必要なのかと驚いた。トイレは、流すたびにバケツ一杯の水が必要だった。洗濯には、いったいバケツ何杯分の水が必要だっただろう。このときは、必要最低限の水を汲ん

でいただけのはずなのだから、それまでは、一体どれだけの量の水を、一日に使っていたのだろう。断水は、一週間続いた。

今はもう、蛇口から水が出る。トイレも流れる。「あたりまえ」が戻ってきた。でも私たちは、あの時みんなで何度も何度も運んだ水の重さを、決して忘れてはいけない。節水なんて、今まであまりピンとこなかったが、今の私たちにはとても簡単なことのように思える。歯みがきの時、水を出しっぱなしにしない。シャワーの時もこまめに止める。ほんの少し気を付ければできることばかりだ。

この地震で私は、「水の大切さ」というのを改めて知った。はじめて水が出ないという状況になってみて、今までの生活がどんなにありがたいことだったのか気付いた。家族の心もひとつになった。近所の方々のあたたかさも知った。生活の色々なところで使われている水。これからはこの経験を通して学んだ、「あたりまえにあること」の大切さをいつも忘れず、感謝しながら大切に使っていきたい。

あの日家族５人で確かめた水の感触を、喜びを、私は決して忘れない。

国分　朋実（福島市立福島第三中学校２年）
ざぶん環境賞

水が出ることに感謝

泳ぐのは苦手な私ですが、今年の夏ほど水辺を遠く感じたことはありませんでした。多くの人が知っている福島第一原発の事故の影響で、県内の小中学校では屋外でのプール授業を見送り、そして風光明媚な、いわき七浜でも遊泳は禁止という重い判断を下す結果となってしまいました。

また、震災の影響で、いわき市でも断水状態が続き、市内の約九四パーセントが復旧するまでに三月十一日から四月九日までの長い期間がかかりました。

水をもらうために、泉浄水場にも家族と何度か通いました。浄水場は長蛇の列で、約二時間並びました。前に並んでいたおじさんの話では、私たちの行った前の日は、四時間ぐらい並んだそうで、私たちが行った日は、早い方だったそうです。その話を聞き、私はとても驚きました。

バケツに入れた水は予想以上に重く、車まで運ぶのはとても大変でした。泉浄水場には小学生の時に、遠足で訪れたことがあったのですが、まさかこのような形で再び訪れることになるとは夢にも思いませんでした。

水道が復旧したときの喜びは、今でも忘れられません。水道の復旧工事にたずさわってくれた多くの方々や、不眠不休で浄水場で水を配布してくれた職員の方達には本当に感謝しています。

この体験を通して、私は、水がまさに「生命の源」であると痛感しました。そして、水に対する意識が自分でも驚くほど変化しました。「手を洗う時に使う水は最小限にしよう」「お皿やコップを使う回数は、なるべく少なくしよう」など、つねに節水をこころがけるようになりました。また、蛇口をひねれば水が出てくるという当たり前のことが、本当にありがたく感じるようになり、毎日水が出ることに感謝して生活するようになりました。

これからは、人間の生活の根幹である水を、より有効に利用できる方法を学んでいければいいな、と思いました。

特別賞

水の大切さと恐ろしさ

佐々木　葵（いわき市立玉川中学校３年）

水は、私たちが生きていくうえで欠かせないものの一つである。「水」という言葉を使ったことわざも数多くあることから、昔から水は、私たちの生活と密着していたことが分かる。人間だけでなく、多くの生物が水がなければ生きていけない。

大切なものである水を私たちは、普段何気なく使っている。飲料水として。生活用水として。水道のじゃ口をひねれば、きれいな水が流れ出てくる。これが、当たり前だと思っていた。

三月の東日本大震災。この大きな震災により、当たり前に水道から出る水が出なくなった。水道管の破裂などで、給水がストップしてしまった。私は、初めて水のない生活を経験した。水の大切さを実感した。

浄水場や給水所へ家族で水汲みに行った。浄水場では、たくさんの人が列をつくり、自分たちの番が来るまで、何時間も待った。そこでの会話は、

「食器が洗えない」

「洗濯ができない」

「おふろに入って、頭を洗いたい」

「トイレの水洗には、川の水を使ってるよ」

というものであり、みんな水がなくて大へんな思いをしていた。そして、私たちは汲んできた水を大切に大切に使った。今まで水を無駄に使っていたことを反省しながら。

水道から再び水が出た時、とても嬉しかった。これで人間らしい生活ができると思った。水は、本当に私たちの生活になくてはならない大切なものであることがよく分かった。これからは、水も貴重な資源の一つとして、無駄づかいをしないで大切に使おうと思う。小さなことだが、水を出しっぱなしにせず、こまめに止めるということを心がけていきたい。

水の大切さを感じながら同時に水の恐ろしさも感じた。おだやかな太平洋。青々と輝く美しい海が、姿を変え、一瞬にして街を飲み込んだ。まさか、いわきで津波の被害が出るなんて、信じられなかった。骨組みしか残らず流された家、車がつっこんでいる家、多くのがれきが積み重なっていた。アルバムなどの思い出がつまったものも流れていたと聞いた。悲惨な状況に胸が痛んだ。

父の故郷の宮城県石巻市では、街の中心部にまで波が押し寄せ、祖父母の家も被災した。四月になっ

て祖父母に会いに行ったが、街には、がれきがあちらこちらに積み重なっていた。ピアノも水をかぶり、道路わきに捨ててあった。思わず、けん盤を押してみた。水をかぶったピアノは、全く動かず、音も出なかった。今まで美しい音色で人々を楽しませていた楽器も、音を出すこともない。津波がいろいろな思い出も奪っていったのだ。

　津波は多くの命も奪った。父の叔父も津波で命を落とした。津波が憎い。大切なものをあっという間に奪っていってしまう。水が恐ろしい力をもち、飲み込んでしまった。叔父との思い出は、心にとどめて一生大事にしたいと思う。

　テレビでもくり返し津波の報道がされている。その度に暗い気持ちと怒りがこみ上げてくる。一日も早い復興を願わずにはいられない。水の恐ろしさを一生忘れることはないだろう。

青木　美緒（いわき市立平第二中学校２年）
特別賞

２０１２年

私にできること

　私は昨年、大震災を経験しました。震災の影響で水道は止まり、井戸水は濁って使えなくなってしまって、とても不便な思いをしました。二週間ぶりに水道から水が出た時は、とてもうれしかったのを覚えています。

　日本では水道から水が出て、飲めるのはあたりまえのことです。だから私は、あの震災のとき、なんて日本は恵まれているのだろうと思いました。

　世界には家に水道がなく、遠くまで毎日水を汲みに行く子供たちや、汚い水を飲んで亡くなる子供たちが大勢いることを学びました。それを考えるとどうでしょうか。たった二週間水道が使えないなんて、大した事ではないように思えます。

　世界では生活水が十分に確保できない人々のために、さまざまな活動がなされていることも学びました。水道を整備する手伝いをしたり、水をきれいにする薬品や機械を開発するなどが行われているそうです。水は安易に入手できるものと考えてはいけないと、思い知らされました。

そこで、私にできることは何かと考えました。水を大切に使うだけではなく、もっと具体的で実践しやすいことはないかと調べてみました。その結果、私にもできると感じたことは、一円玉募金と水を大切に使うことです。やはり、水を大切に使うことはもっとも大切なことのようです。

一円玉募金を知った時は、たかが一円で何ができるのだと思いました。ですがこの募金で集めるのは一円という価値ではなく、一円玉に使われているアルミニュウムを集めているのだそうです。そして集められた一円玉を使い、水道の整備が不十分な国に水道を作るのだそうです。そうして作られた水道は、たくさんの人々に使われ役立っているようです。一円という小さな力ですが、たくさんの人に役立つことができるというので、たいへん驚きました。なので今、私はおつりでもらった一円玉をほとんど貯金箱に入れています。

また、水を大切に使うことがやはり大切だと分かったときは、もっとかっこいいことはないのだろうかと少し残念に思いました。でもネットに、一晩ずっと蛇口から水がもれちると何リットルにもなるとあったので、それは困ると感じました。たった一滴でも、ちりも積もれば山となるので大切にしなければならないと分かりまして。

日本では水という重要な資源が豊富なため、水が貴重だということを忘れがちです。ですが、今回分かったこと、学んだことを考えれば水が本当に大切だ、貴重だということが分かります。今、水がたくさん自由に使えるということはたいへん幸せなことです。今後、私は自分はとても恵まれていると考えながら生きていこうと思います。

佐々木 杏（福島市立松陵中学校３年）

ざぶん環境賞

海に近い川

水と生き物の関わり、水と自然の関わりを、私は考えたことがありませんでした。

この作文を書くと決めた日から、私は川の水や自分が飲む水について意識するようになりました。

私が通う学校は海が近く、海に向かって流れる川がいくつかあります。その川の観察をして、毎日の変化を調べました。

観察一日目、海に近い川を見ると汚れがひどく、ゴミなどがたくさん流れていました。私はおどろきました。思っていた以上に汚れていたからです。川はそんなに深くないはずなのに、まったく底がみえず、魚の姿もあまりみあたりません。私はその日海辺でごみ拾いをしていたボランティアの方の手伝いをさせていただき、川付近のごみを調べてみました。多かったものは、食べ物の袋、花火、空き缶…などでした。川のごみを拾っていて不思議に思ったことは、川に「あわ」がういていたことでした。

二日目、今度は少し山の方の田んぼの近くにある川を見てきました。川はきれいで生き物がたくさんいました。小石や草かげに魚がいて、黒いトンボやちょうなど虫もたくさんいたことにおどろきました。黒いトンボを調べてみると、「ハグロトンボ」で水質の悪化とともに数が激減したトンボでした。この川はきれいだから、ハグロトンボが生息しているのではないかと私は考えました。

ではなぜ海付近の川には生き物が少ないのか、考えてみました。

まっ先に思いうかんだのは、観察一日目にみた「あわ」のことでした。私は次の日、海付近の川をみに行きました。

三日目、海付近の川には「あわ」はういていなく、魚が何匹かおよいでいるだけでした。魚は前より少し多くいましたが、他に異変はみあたりませんでした。

四日目、昼すぎごろ行ってみると、「あわ」がういているのが見えました。一つちがったのは、魚の数があきらかに多かったことです。魚は大きいのから小さいのまで様々でしたが、みんな「あわ」を食べているようにみえました。私は「あわ」の行方をおってみることにしました。

「あわ」の方へ行くと、家から流れてくる家庭排水でした。だいたい予想はついていましたが、言葉で聞くのと実際にみるのでは全くちがいました。色は濁っていて、とても汚いと思いました。

私はその日家に帰ってから、ペットボトルに入っている水をのみました。そして今まで調べたことをふり返り、水と生き物の関わりを考えました。

私が飲んでいる水は、生きていく上には絶対不可欠で、生き物も同じです。そして、その生き物に必要な大事な水を汚しているのは、人間です。すべての生物が平和に生きていくためには、地球を考え、汚染物を出さないことが大事だと思いました。

苅込　千波（いわき市立江名中学校３年）
特別賞

復興

あの三月十一日の東日本大震災の何日か前、僕は、家から少し離れた所にある川にいきました。その時の川は、とてもキレイでした。水は透きとっていて、川の底まで見えます。大きい魚もいっぱい泳いでるし、亀も見たと友達がいっていました。何も心配する事なく川に入り、魚をとろうとしたほどキレイだったのです。

それから数日後、あの大震災がおきました。テレビにうつるニュースには、大きな津波が町をのみこんでいく映像も多くあり水は百パーセント安全じゃない、時に人々に牙をむく事があると感じました。大震災から何ヶ月かが過ぎ、久しぶりに川へ行きました。そこは、前来た時の姿とは、まるで違う姿に変わっていました。崖崩れして落ちてきた木が、川の中央にずっとしずんでいます。あんなにいっぱいいた魚は、ほとんど見あたりません。その時は、まだましな方でした。

　それから少したつと次は、すごい大雨が福島をおそいました。その後、川へ行くと、もっとひどい姿になりました。崖崩れで落ちた木は、三十メートル程度先の、橋の下まで流されました。魚は、一匹も見つけられませんでした。

　川の水はにごり、底は全く見えません。その時ぼくは、

「あのキレイな川は、二度と見れない」

と思いました。

　もう一年半たちました。川の生き物たちは、あきらめていませんでした。川は、この一年半で少しずつよみがえろうとしています。どろでにごった水は、だんだんとすきとおってきたのが見てわかります。一回いなくなった魚たちも、数を増やしてきていま す。最近は、亀の目撃情報もあります。その川で釣りをすれば、わずかな確率で魚を釣る事もできます。

　この川は、津波にのみこまれた町と一緒だと思います。被災して、もう復活はできないくらいボロボロになっても、たくさんの人達の力で少しずつ復興してきています。川が復興しているように、町も復興しているのです。いつになるかわからないけど、川が元のよう…いやそれ以上にキレイになった時、被災した町もいままで以上の強い絆で結ばれ、震災前より一まわりも二まわりも強くなると、僕は思います。

藁谷　一輝（郡山市立郡山第六中学校２年）
特別賞

2013年

ともに生きる

　去年の春、宮城県へと遊びに行った時のことだ。お昼に立ち寄ったピッツァのお店で、メダカをたくさん育てていた。大きな鉢や発砲スチロールの中では、メダカが気持ち良さそうに泳いでいる。それにしてもかなりの数のメダカがいる。どうお世話をしたら、こんなに上手く飼育することができるのだろう。メダカには胃袋がないので、食べ物を溜めておくことができない。えさを与えすぎると水が汚れて死んでしまうのだ。家でメダカを飼っている私は、メダカを飼育する難しさを感じていた。メダカをじっと見ていると、お店の人がメダカのことを教えてくれた。そして、

「水槽にタニシを入れておくと、水がきれいになるよ。」

と、帰り際に小さな巻き貝とメダカをペットボトルに入れて譲ってくれた。

　初めて目にする小さな巻き貝は、面白いことに水面下を逆さまで移動する。「スーイスイ」と、まるでそこに壁があるかのように泳いでいく。浮力、表面張力、水の不思議な力を上手く利用している。もしかしたら、体から出しているねん液を、水面との接着剤代わりにしているのかもしれない。

　翌日、巻き貝は早速卵を生んだ。プルンとしたゼリー状の固まりの中には、二十個ほどの粒がある。持ち上げても、卵同士が離れることはない。父が、

「これはタニシではなく、サカマキガイだよ。」と、教えてくれた。サカマキガイは、雌雄同体である。たとえ一匹でも、卵を生んで子孫を増やしていった。たくましい。

　サカマキガイは、左巻きの殻を背中に背負っている淡水産の貝だ。比較的汚れた水でも生息できる。また、有肺類なので、空気呼吸をしているらしい。サカマキガイは、呼吸をするために水面にやってくるのだ。

しつこくつついてみたら、プカプカと浮いて、その後浮き草の下に隠れた。水底や水上の天敵から、こうして上手に身を隠し、自分の身を守っている。こんなに小さな貝が、見事な知恵をもっていることに驚いた。

メダカにえさを与える。すると、サカマキガイもえさを食べにやってくる。水面で、パクパク動くおちょぼ口がかわいい。水槽の水が濁らないのは、メダカの食べ残しを食べ、ふんを処理してくれるからだ。それから、メダカの死がいも食べる。サカマキガイは、水をきれいにする大切な役目をしているのだ。

サカマキガイのふんは、水生植物の栄養になる。水草、メダカ、サカマキガイ、お互い支え合って水槽のバランスが取れている。小さな生き物から学ぶことは大きい。

宅地開発や農薬の散布で、多くの自然が失われた。そのため、メダカが絶滅危惧種になり、私達の周りから消えていったのだ。今、色々な環境問題により、自然が壊れ、生態のバランスが崩れている。今後も、私達にもできる環境への取り組みをしていかなければならない。昔、日本人が見ていた景色を、もう一度取り戻すために。

水と私たちの未来

松本　陽菜乃（福島市立清水中学校1年）
準ざぶん大賞・玉ざぶん賞

私は時々ふと思う。水なんてなくてもいいんじゃないか、と。思い出すのは、東日本大震災。大津波は、何十万という人々の未来や希望を一瞬にして奪ってしまった。普段身近にある水が、多くの悲しみや苦しみを生む。忘れない、忘れられない、そんな記憶だ。自然の恐ろしさを、あらためて痛感する出来事だった。

しかし、私達人間は水がないと生きていけない。人間に含まれる水分の割合は約六十五パーセント。汗はもちろん、血もほとんどが水というから驚きだ。食器を洗うにも、トイレを流すにも、水が必要だ。また、水は電力としても利用されている。エネルギーの重要性が見直される今、水は貴重な資源となるだろう。

その一方で、問題となっているのが、川や海などの水の汚染だ。福島第一原発事故の汚染水は流出している。

私の家の近くには、松川という川が流れている。最近は開発工事が進み、川も渡りやすく、きれいに整備された。冬には白鳥が飛来し、春夏秋冬、様々な一面を見せてくれる。私にとって、思い出がたくさんある川だ。しかし、魚は一匹も泳いでいない。水面が浅く、流れも急だが、何より水が汚いことが原因だ。空き缶やお菓子の袋、更には洗剤の容器が、口が開いた状態で捨てられているのを見たことがある。中身が川へ流れていったと思うと、心底悲しくなる。魚がいない川は本当に寂しい。

魚はもちろん、虫や水草、プランクトンなど、水は様々な生物の住みかとなる。水が汚染されるということはつまり、生き物の生きる場所を壊し、殺してしまう。今は私達に影響がなくても、十年後、二十年後はどうだろう。川が汚れ、海が汚れ、生物が絶滅しているかもしれない。雨ですらも、汚れているかもしれない。水だけじゃない。植物も空気も、あらゆる自然環境が破壊されてしまうのだ。いずれそれは、私達人間に返ってくるだろう。

昔は、松川で泳いでいたと祖父から聞いた。冷たくて気持ち良かったと、目をほそめながら祖父は言った。今は、事故の危険性があるため川で遊ぶことは禁止されているが、今よりずっと水質が良かったそうだ。自然豊かな川に戻ってほしい。

水を守るためには、一人一人が水をきれいにしようと意識して生活することが大切だ。私は、自分がすることを良く考えて行動することが必要だと思う。ごみを捨てる人も、めぐりめぐって自分に返ってくると分かれば、無神経な行動はしなくなるだろう。ふと立ち止まって考えれば、自分が何をするべきなのか、してはいけないのか、よく分かるはずだ。水は地球の宝だ。これを期に私は、水の重要性を改めて考えていこうと思う。

大震災と生きる水

齋藤　優衣（福島市立清水中学校2年）
準ざぶん大賞

水。それは私たち人間、いや地球にとって必要不可欠ななくてはならない存在です。大地を生き返らせ、緑と動物に生命を与え、人間ののどの乾きをいやす、この惑星の〝心臓〟と言っても過言ではないと思います。そんな、私たちにとって大切な水の恐怖を始めて知ったのは二年前の春、あの恐ろしい震災の時でした。

大きな揺れと共に私たちの故郷を襲ったのは、目を疑うほどの大きな津波でした。大熊町の町中に住む私たち家族は幸いにも津波の被害は免れましたが、海岸部の地域は壊滅的な被害を受けました。大好きな故郷を飲み込んだのは、私の知っているキラキラと輝く優しい海ではありませんでした。「悪い夢を見ているのでは？」そう思い顔を洗おうとしても、できません。なんと、地震の影響で断水していたのです。初めて水が暴れるのを目の当たりにし、初めて水が生活から姿を消して、私はどうしたら良いか分かりませんでした。原発事故で避難をすることになった私たちは、先の見えない避難生活を余儀なくされました。長い長い避難生活の中で久し振りに〝水〟と再会しました。その時の水は地震の時とは全く別のただの水でした。美味しくて美味しくて涙が止まりませんでした。水は生き物と変わりありません。人間の命を救う武器になることもあれば、津波や水難事故のように時おり人や建物、大切なものを奪う凶器となってしまいます。そうならないためにも、私たち人間が動くべきなのではないでしょうか。大切な水を守るため、恐ろしい水を止めるために、水を使う者の一部として私たち人間が考え、決断し、実行していかなければならないのです。それが私たちの責任でもあるのです。

東日本大震災は、私たちに水の本当の恐怖と、本当のありがたさを教えてくれました。近いうちまたあのような大きな災害がやってくるかもしれません。その時、津波で亡くなる方が一人でも出ませんよう願っています。

岡田　愛莉花（えりか）（大熊町立大熊中学校３年）
ざぶん環境賞

僕たちの海

僕の家は海の目の前です。海は天候により様々な表情をみせてくれます。色も変化していきます。青や濃い緑色になったり、灰色になったりしてとても神秘的です。また、とても穏やかな水面の日もあれば、大風や大雨の時は何かに憤りを爆発させたかのように荒々しくなります。東日本大震災の余震が続いた頃は、海底から何か突き上げる様な揺れを感じると、決まって大きな地震が来ました。

以前は、夏になると近くの海水浴場へ行き、短い夏を楽しんだものでした。あの震災が起こり、原発事故が起こるまでは。

それは忘れもしない三月十一日。今まで体験した事のない揺れに、恐くなり、足が震えました。当時小学六年生だった僕は、あまりに強く、そして長い揺れにただ事ではないと思い、先生の指導でクラスの皆と校庭に避難しました。学級委員長だった僕は皆を整列させて、落ち着かせ、冷静に行動しました。校庭に腰をおろし、次々に来る余震に恐怖を感じていました。下級生達は泣きじゃくり、パニックになる子もいました。暫くして、父が迎えに来てくれました。車で帰宅する途中で僕の目に飛びこんできたのは、黒い大きな渦が民家を飲み込んで次々に破壊している様子でした。父は家に帰るのは無理だと判断し、急いでハンドルを切り、学校に再び戻りました。あの光景は、今でも忘れることが出来ずに深く脳裏に焼きついています。

一晩学校の体育館で仲間達と眠れない夜を過ごし、次の日家に戻って家族全員が顔を合わせた時は本当にほっとしました。ほっとしたのもつかの間、テレビには原発の様子が報道されていました。正直僕にはピンとこない事も多かったのですが、一刻も早く福島を離れた方が良いと、親類が迎えに来てくれました。父母を家に残し、また家族が離ればなれになりました。その後、父母も上京し、避難先を転々とし、三月末まで家を離れました。水道の復旧工事が遅れた為、家族が全員揃ったのは四月の半ば過ぎ頃でした。

あの未曾有の震災から二年半近くたとうとしていますが、未だに汚染水が流れ出るなど福島県の漁業は暗い闇に葬られたかのようです。怒りを誰にもぶつける事もできずに、行き場を失った人もたくさんいます。水産関係ばかりでなく、野菜、果物も風評被害で価格が下がり、生産者はとても苦しい思いをしています。除染作業もすすめられてはいますが、汚染されているイメージはなかなか消えず、風評被害により、数も売れなくなりました。

震災前のあのきれいな海に戻せるよう、そして僕達の大好きな宝物である太平洋の漁が太陽のキラキラした輝きと共に勢いのある、活気あふれる漁が再開される事を願います。

吉田　凜太朗（いわき市立江名中学校3年）

ざぶん環境賞

海の二つの顔

私には海に対する理想があります。どこまでも続く広い広い海。砂浜に座ってキレイな夕日を眺めながら心をキレイにする。海の近くに住んでそんな日常を送ることです。

しかし、私には一つ、心にひっかかる部分があります。それは津波です。あの東日本大震災の時、私の父は単身赴任で宮城県石巻市にいました。そのため、父が住んでいたアパートは跡形もなくなり、車も全て流されました。そして父は奇跡的に家に帰ってくることができました。

でも父が持って帰ってきたビニール袋には泥がつき、水で重たくなった仕事の作業着が入れられていました。本当に大変な思いでここまで帰って来たんだなと改めて思いました。父は、もう一度石巻に戻って、ボランティア活動をしたいと言っていましたが、家族全員が反対し、現場に戻ることはありませんでした。

震災から数ヶ月経ったある日、私は父に連れられて宮城県に行きました。そこはひどく荒れ果てた状態でした。地面は泥一面で、ぐちゃぐちゃの車が何台も積み重なったまま。建物の壁や電信柱には津波の跡と思われる一本の線。私はこの光景を見て、思わず涙があふれ出してしまいました。この場所で何千人もの命が一瞬で奪われ、まだ帰りを待つ家族もたくさんいる。

そんな事を考えると本当に辛く、心が虚しくなるばかりです。今でも広い海の下にはがれきや家具、考えたくはないけれどたくさんの人達が。本当に考えれば考えるほど怖いし、切ないです。

私が理想としていたキレイな海とは裏腹に、恐ろしい海もあることがこの震災を通してよく分かりました。でも私は、だからといって海の近くに住みたくないとは思いません。

将来、いつかは理想的な暮らしができたらいいなって思います。どうして人は、海を見ると素直な気持ちになれるんでしょうか。

いつか、「今日があったことに感謝します。今日があったおかげで、また色んな人に出会えました。色んな話ができました。ありがとうございます。そして明日がある事に感謝します」とキレイな夕日の前で広い広い海に向かって言える日が来ますように。

緑川　裕香（鏡石町立鏡石中学校３年）
特別賞・うみまる福島賞

水の声

水には、さまざまな声がある。

静かにゆれる声、大きな音をたてておそってくるような声など、時に人をいやし、時に人を苦しませる声だ。

海の水の声は、ざぶーん、ざぶーんとリズムに合わせて聞こえてくる。

川の水の声は、さらさらとゆっくり聞こえてくる声や、高い所からものすごい勢いでざっぶーんと落ちてくるように聞こえてくる声がある。

海の水も川の水も、それぞれ違った声があるのだ。

私は、水の声がとても好きだ。なぜなら自分の中の悲しみが流れていくような感じになるからである。水の中で聞こえる声も、特別な感じがして嫌いではない。

ただ、水の声は時におそろしいほど強くなって人々をおそう。あんなに美しい声が、人々を苦しめるのだ。

でも私は、たくさんの感情を持つ水が好きである。水に触れるたびに、水の声を聞くたびに私の心は洗い流されていく。その感覚がとても好きだ。

水は、自由だし、色んな所へ行ける。私も生まれ変わったら水になってみたい。

水にだって声がある。水にだって感情がある。

私達の生活の中で水は、かかせないものである。ただ、水があることを当たり前だと思ってはいけない。水があるからこそ私達は生きていける。私達が生きているからこそ水はあり続ける。そんな水をこれからも大切に生きていきたいと思う。

水の声がいつまでも聞こえてくるような環境を、守っていかなければならないのである。

水からのメッセージ

池田　梨菜（須賀川市立長沼中学校３年）
特別賞・福島県選考委員長賞

水。それは私達が生活していく上で、切っても切り離せないものだと思う。水は私達に命の恵みを与えてくれる。それは生きていれば誰もが肌で感じるだろう。飲み水はもちろん生活する上でのお風呂や洗濯するための水、お皿を洗うための水…。私達が食べている野菜も、私達の世界を彩る草花も、水がなければ育つことは出来ない。考えるときりがないぐらい水が与えてくれているものは大きく、全ての命の出発点を探ると、水にたどり着くのでは？とも思えてしまう。

しかし、水はあくまで自然である。与えてくれる恵みの大きさの分、他にもたらす力も大きい。それを特に思い知ったのは、二〇一一年三月十一日の東日本大震災である。

あの日、とてつもない大きな揺れと共に東北地方の沿岸部に巨大津波が押し寄せた。水が姿を変えたその津波は、家も人も押し流してしまった。今までコツコツとつくりあげた良い町を、思い出をも一瞬にして奪ってしまった。たくさんの人々が、水の怖ろしさと水の力に対する怒りや悲しみも味わった。私もテレビを前にして声がでなかった。家族と実際に訪れたことのある三陸海岸沿いの町が変わり果てていたのだ。その町で私は一人のおじさんと会っていた。そのおじさんは自慢げに海岸にある大きな大きな堤防を見せ、

「大きいだろう。これで津波がきても大丈夫なんだ」と話してくれた。しかしだめだったのだ。私はこの目で見ていただけに、ありえない、と思った。ありえない力を水は持っていたのだ。私は今でも時々思う。あのおじさんは大丈夫だっただろうかと。

私のようにたくさんの人々がたくさんの人々を心配したと思う。そういう気持ちを私達は持っている。考える力も持っている。だから、水と正面から向き合えば、自然の怒った姿は止めることは出来ない、どんな技術を持っても自然の力には勝ることは出来ないというけれど、いつかは必ずその力も少しは押さえることができるのではないか。二度と人々が悲しまないためにも、いつも私達は支えてくれている水が嫌われないためにも、少なくとも私はそう願っている。

もう一つ私は水に対して思うことがある。それは、水はなくてはならないのだろうか、ということだ。水は、使ったら処理されて、またきれいな水として使うことが出来ているし、雨は降ったら太陽の力で蒸発しまた降る。ぐるぐる回っている。私はそのように思っている。だいたいの人はそう思っているのではないだろうか。そうだとしたら私同様、水への危機感は普段全く感じていない。豊かになり、世界中の全ての人が危機感をなくした時、問題が起きないとは思えない。

今はまだ水不足で困っている人は大勢いる。だから安心などとはいってはいけないが、何とかしなければという思いやりの気持ちがあり、水への関心もある。また、自然がもたらした水の災害の時、水に対して深く考えさせられる時がたびたびある。そんなとき私達は水のありがたみを感じている。その気持ちを忘れさせないためにも、水は怒った顔を見せるのではないだろうか。さもないと、私達人間は水を使いに使って、しまいには使い切ってしまうこともあり得るからだ。私も今までの水の使い方を見直していこうと思う。そして、自ら水からのメッセージを受け止められるようになりたいと思う。

人間は今、そんな水からのメッセージを受け止め

「エコ」に努めている。幅広くいろんな意味でエコ活動は行われているが、喜怒哀楽で様々な顔を見せる水と仲良くなる活動でもあると思う。そんな少しの努力を知って、水は喜んでいるだろうか。水は喜んでくれるだろうか。または、人間のやっていることに対してどんな顔を見せてくれるだろう。

私は、今、夏真っ盛りの暑い中この作文を書いている。水が飲みたい。プールに入りたい。そう思っている中。さらに水の活躍ぶりを感じる。今年の夏は水の声に耳を傾けながら、水と共に乗り切りたい。

中原　奈美（郡山市立郡山第四中学校３年）
特別賞・福島県選考委員長賞

2014年

日本の水が一番

私は平成三年七月に中国から大熊町に嫁いできました。主人が「日本はいい国」といつも私に言っていましたし、さらに「日本の水が一番」とも教えてくれました。

私は大熊町に住んでみて水道水が生で美味しく飲める事を知り、ただ驚くばかりでした。蛇口をひねれば美味しい水がいくらでも出てきます。中国では水道水が飲めないけれど日本では飲めるので、環境の違う日本に来て言葉が分からず大変な思いをしましたが、頑張ることが出来ました。それはまさに水のお陰でした。私の生まれ故郷である中国ではきれいな水が飲めなかったからです。

四十何年前、私の子供の頃の中国ではバケツに紐を結んで井戸から水をくんでいました。私は先天性股関節脱臼という障害を持って生まれましたので、右の足を少しひきずって歩いていました。足が悪いから何回も運んだ訳ではありませんが、遠い所の井戸から棒の両端に紐をつけ、先端のバケツに水を入れて家まで運んでいました。その水の重かった事は忘れる事が出来ません。

当時は、中国文化大革命の時代で全体的に貧しかったので仕方がなかったのです。私は足が悪いので姉達よりも仕事の量は少なかったです。その時代の中国では水をくむ事は子供の仕事でした。しかし、運んできた水は検査もしていないので、その水を沸騰させてから飲んでいました。

今でも、中国へ里帰りをする度に日本と中国の水を比べ、日本の水が簡単に飲める事がありがたいです。日本の水の美味しさと豊富さは忘れません。日本の水のお陰で私は日本に帰化し、そして、日本で骨を埋めるつもりです。

そして今、大熊中学校で二年生として勉強をしています。また、毎日美味しい水を飲める事に幸せを感じています。これからももっと水を大切にしなければならないと思っています。

大竹 英子（大熊町立大熊中学校2年）

準ざぶん大賞

もう一度、あの海へ……

夏になるといつも思う。もう一度、まだたくさんの人で賑わっていた、福島の海へ行きたいと。みんなに囲まれ、太陽に照らされ、とてもうれしそうにしていた、あの海へ。

私は海が好きだ。小学六年生の時に家族旅行で沖縄へ行き、きれいな海に出会ったあの日から。透き通ったブルー。なんて美しいんだろうと感動したことを今も覚えている。私はなぜこんなに美しいのか気になって、砂浜にあったお店のおじさんに聞いてみた。すると、「沖縄の海には、さんごしょうが多くいるからプランクトンが発生しにくくて、その死骸とかもないから海水が濁らないんだよ。そして、君たちが住んでいる東北よりも赤道に近いから太陽の光が当たりやすくて海が輝いて見えるんだよ」と教えてくれた。当時の私にはよく理解できなかったけれど、もっともっと、たくさん海について知りたいと強く思った。

沖縄の海には敵わないけれど、私が産まれ、私が育った福島の海も素晴らしい。泳ぐとき上がる水しぶきは、太陽の光で宝石のように見える。ゴーグルをつけて海に潜ると、魚になった気分だ。流れついた貝殻を拾ったり、砂浜で遊んだり、福島の海には、私にとって大切な、たくさんの思い出がつまっている。

だが、忘れることのできない三月十一日、この大好きな福島の海は津波となって押し寄せ、多くの人の笑顔や希望、そして、命までをも奪っていった。この悲惨な出来事によって海が嫌いになった人。海を憎む人。海に向かって泣き叫ぶ人たちをテレビで見て、私は心が痛くなった。何百年に一度と言われる大津波が今起こるなんて……。本当に信じられなかった。

そして、今の福島の海は原発事故によって汚染されてしまっている。誰も近づこうとはしない海になってしまったのだ。あんなにたくさんの人の会話や笑い声が聞こえていた海は、今はもう波の音しか聞こえなくなってしまった。これは、とても悲しいことだ。私は、今のこの気持ちを、大好きな海への思いをたくさんの人へ伝えたいと思った。

私は海が大好きだ。あの頃の、活気あふれる福島の海を取り戻したい。長い時間がかかるかもしれないけれど、今の私たちにできることを考え、小さな事でも実行していきたいと思う。

もう一度、あの海へ戻すために。

齋藤　夏希（福島市立清水中学校３年）
ざぶん環境賞

魔女の瞳

新しいトレッキングシューズの靴ひもをほどけぬようにしっかりと結ぶ。私はこの夏、絶対に見ることを決めていたものがある。それは、日常生活では決して見ることができないものだ。ある「瞳」だ。雨の多かった今年の夏。昨晩見た、明日の天気予報は晴れ。心が弾んだ。ずっと待ち焦がれた日がやって来たのだ。

この夏、父と吾妻山に登った。その「瞳」は、私が住む福島市西方にある、奥羽山脈の吾妻火山群の中にある。時計を見ると、午前五時三十分。眠い目をこすりながら、玄関を出る。父は、昨晩の仕事の疲れを引きずっているようだが、私の足は軽い。天気は予報通り快晴。早朝とはいえ、いつもながら福島の夏は、朝からとても暑い。まず、目指すのは、吾妻連峰最高峰の一つ、一切経山だ。

車で四十分。登山口の浄土平の駐車場に着くと、真夏なのに空気がひんやりと感じる。一つ、大きく深呼吸をする。高原の空気は、特別な味がする。気持ちがいい。浄土平周辺は、荒涼とした景色と茶色い山肌に囲まれている。その斜面には、もうもうと噴煙を上げて、硫黄の匂いがたちこめている。噴煙を上げる山の向こう側が、標高一九四八・八メートルの一切経山である。

「さあ、登ろう」父と二人で正面の険しい山道を、一歩一歩、登っていく。しばらく登ると突然、目の前がパッと開ける。酸ケ平湿原である。背の低い緑の植物が一面に広がっている。真ん中に一本の木道が、真っ直ぐに前へ伸びている。すると父に、

「木道から外れるなよ」

と、声を掛けられた。

よく見ると、木道のわきの所々が、植物が生えずに茶色の土が露出していることに気がつく。私は、この木道を登山客が、道に迷わないように安全に歩くための単純な道路とばかり思っていた。しかし、それだけではない大切な役割があったことが分かった。

湿原は、普通の草原ではない。湿原を作りだしている土壌は、動植物の枯死体が、腐ることなく積もったもので、一年間に数ミリしか堆積しないと言われている。人間が、不注意に木道を踏み外し、荒らしてしまえば、何十年分の泥炭層が削り取られてしまうのだ。湿原に生える植物は、とてもデリケートで、荒らしてしまった湿原には、二度と生えてこない。

湿原をしばらく歩くと、いよいよ一切経山の入り口だ。再び山道となり、足元が、湿原の緑色からゴツゴツした火山岩に変わっていく。息を切らしながら、不安定な砂レキを踏みしめ、登りつめると一切経山の頂上にようやくたどり着いた。頂上は、朝に玄関を出た時の暑さが嘘のように涼しい。そして、眺めがいい。駐車場は遥か下、遠くには安達太良山、磐梯山が見える。

ほっと一息もつかぬ間に、父が私を呼んだ。一切経山の頂上から少し、奥に進むと、急激なくぼみがある。そのくぼみをのぞき込むと約百メートルの眼下にコバルトブルーの大きな沼があった。

「五色沼」。通称、「魔女の瞳」である。

私は、登山の疲れが吹っ飛び、今年絶対に見ると決めていた達成感と、思っていた以上に雄大な景色に圧倒された。

この沼は、噴火口に水がたまってできた沼である。空の雲や太陽の光の具合で刻々と微妙に色が変化している。西から雲が流れ、東の太陽が雲の切れ間から顔を出したり隠れたりすると、光の加減で色々な青に変化する。下からは絶対に見えず、一切経山の頂上からでしか見えない沼だ。

何故、魔女の瞳なのか。古来より、干ばつの年にこの沼のほとりで雨を祈り、沼に石を投げれば、「冷気たちまち到り急雨来る」と雨乞いの地としてあがめていたそうだ。

とても神秘的な沼で、昔の人が、雨乞いの神様に魔女の瞳を選んだことも分かる気がする。さすがに今は、雨乞いの儀式はやらないようだが、笑い事ではない。

現在、世界中で干ばつや砂漠化が進行している。

蛇口をひねれば当たり前に安全な水が出てくる国もあれば、一日がかりでわずかな水をくみに行く国もある。今後、石油や資源を巡って紛争を繰り返してきた歴史のように、水を巡って争い事が起こるかもしれない。

私達は、自然環境を守るようしっかりと心に誓わなくてはならない。再び魔女の瞳に石を投げ入れることのないようにしなければならない。

松本　陽菜乃（福島市立清水中学校２年）
ざぶん文化賞

海と生き物たち

今まで、海に関する生き物、特に哺乳類の仲間を想像するとクジラやイルカ、アザラシしか思い浮かばなかった。また、私にとって海というイメージは、東日本大震災の大津波の恐怖をテレビ等で知ったため、これまでは「海は怖い」というだけだった。だが、この夏休み、海辺の生き物、そして海のイメージが、次の二つの事によって変わった。

一つは、夏休みの課題の「沖縄新聞」作りである。自然分野をまとめるにあたり、海に囲まれた沖縄の生き物に興味を持った。本州にはいない生き物がたくさんいる。その中でふと出てきたのが、国指定の天然記念物になっている「イリオモテヤマネコ」だ。このイリオモテヤマネコ、家庭で飼われているネコとの違いは、水辺で生活しているという事である。その時「ネコと海・川との関係とは何か」という疑問にかられ、調べてみると、どうやらイリオモテヤマネコの生態自体が、住みかである西表島の美しい自然と関わっているようだ。イリオモテヤマネコは西表島の頂点と言われていて天敵はいなく、ネコ科では珍しく水を恐れずに水浴びをするだけではなく、泳いで水中にいる海を汚す獲物を捕獲している。全く水とは無関係だとばかり思っていたネコ。きれいな海を保つ事に陸地に生息している哺乳類も関係している事を知った。

さらに、二つめの出来事で動物と海との関係の素晴らしさに気づくことができた。それは先日の日曜日、ふとテレビを見てみると、沖縄とは真逆の北海道にしかいない「ヒグマ」についての番組が放送されていた。何気なく見ていたら、森にしか生活していないと思っていたクマが北海道の知床の海岸を親子で歩く姿が目に入った。その番組の内容は大自然で生きぬく厳しさについてであった。ヒグマは、山と海の自然のために大きな役割を果たしているのだ。ヒグマによって海の栄養が森へ渡り、そして山へ、最後に海へと戻っていくのである。そして、栄養が行き渡った海産物を私たち人間が頂いている。ヒグマのおかげで私たちは、いつもおいしい北海道のサケやサンマ、カニ等を食べられるのだ。しかし、自然がどんどん人間の手によって崩されていけば、ヒグマの住み家がなくなり、海への栄養もとざされてしまうのだ。

「海」とは、ただ魚やクジラがいるのではなく、陸で生活している生き物たちの命をつなぐ大事な源なんだと改めて考えさせられるものだった。

私たちの命の源となり、また美しい景観を楽しませてくれるのが「海」である。きれいな海の色は心を豊かにしてくれる。そして、海によって地球上全ての生き物の命がつながれている。この「海」の自然を守るために、これからできることを考えてみたいと思った夏休みだった。

畠山　奏穂（かなほ）（桜の聖母学院中学校２年）
特別賞・うみまる福島賞

命にかかわる水

水、それは、わたしたち人間や地球上の生物にとって、無くてはならないものだ。わたしたちは、水によって生かされていると言っても過言ではない。

なぜなら、水は、人間の体の中の七十パーセントを占めており、その水分の含有量が少しでも減ってしまえば、最悪の場合、死に至ることもあるのだ。そのため、人間にとって水は必要不可欠であり、毎日わたしたちは、何らかの形で水とかかわっている。わたしたちは、毎日当たり前のように水を飲んでいるが、それだけでも幸運であり、世界には、安心して水を飲めない国があるということを忘れてはならない。特に、アフリカ諸国では、まだ浄水技術が発達していないため、生水を飲む地域が多い。そのせいで、伝染病が流行している。

それともう一つは、世界の乾燥帯である。

乾燥帯は、基本的に雨が降らないため、深刻な水不足になることが多い。砂漠地帯などがそうである。所々にオアシスと呼ばれる水が湧き出る場所があるが、そこの水も永久に湧き出ている訳ではないので、自分達のように、思う存分に水を使うことはできない。世界には、このような場所もあるのだ。そのため、自分達は、いつでも水を使えるということに感謝して水を使わなければならない。

このように、水は大切なものだが、関わり方によっては、命を落としかねないものだということを忘れてはならない。

水は使い方と関わり方によっては凶器に変わる。凶器というのは、雨のことだ。雨は、降れば地をうるおす恵みだが、それが大雨となると土砂災害を引き起こす凶器となる。今までも大雨による土砂災害は何度も起きていて、その度に何人もの命が失われた。その原因が、雨。水なのだ。

そして、その大雨の根本的な原因は、地球温暖化だ。そのせいで、過剰な雨が降り、土砂災害が起きる所があれば、雨が降らなくなってしまい、大規模な干ばつが起きている所もある。それは、水が自分達に伝える一種の警告だと思う。これ以上環境破壊を続ければ、もう地球がもたないぞ。というサインだと思う。

　これらを見て僕が思ったのは、水は地球の代弁者ということだ。

　自分達は、水を愛し、大切に使わなければならない。それが地球への感謝だと僕は思う。

世界の命

髙木　弘尚（広野町立広野中学校３年）
福島県選考委員長賞

水。それは世界の命なのだ、そして、国の命、家族の命、自分の命、水の無い世界、想像してください。どう、私たちは生活していますか。そして、生きていますか。水の無い世界は生命体の命にまで関わってくる。そんなことわかってる。あたりまえじゃないか。そう思うかもしれない。実際、私たちは日常生活で、じゃぐちをひねれば必ず水が出てくる日々を送っている。このような生活で、「水が無い世界だったら」なんて考えもしない。無意識に、あたりまえのように、必要以上に、毎日水を使う。水は無限になるわけじゃない。水は自然が作りだしている。私たちも自然と大きく関わりをもっている。その自然との関係も崩れれば、水との関係も崩れる。自然は何億年も前から私たちに恩恵をあたえてくれた。しかし、「災害」という形で被害をもたらすときもある。

　私は、震災を経験した。電気・ガス・水道がストップした。信じられなかった。何も出来ない。これからのこと、目の前にある現実、さまざまな事が頭を巡り巡った。生活するうえで、必要不可欠なものが消えた瞬間、少し前のあたりまえの生活が、遠く感じた。ライフラインがストップして、一番困ったのが水。飲料水が確保できないトイレも流せない。そして、町には井戸水がある家の周りに、人が行列をつくっていた。やっぱり水が無い生活は私たちには考えられないのだ。どれだけ水が大切か…。

　でも人間は、水を汚しているじゃないか。水を浄化し、貯蔵してくれる森林を伐採し、水の土台となるものを壊している。科学技術が進み、工場を作り、永遠に続くような煙をだし、水をつくり出す大気までも汚染してしまう。科学技術で地球に害を与え、科学技術で害を浄化する。こんな環境で世界は成り立っている。おかしいと、気づいていながら、目をそむけているのだ。将来を担う私たちが、水と人類が共存できる世界を、築き上げるのが使命だと思う。

阿部　絵梨華（伊達市立伊達中学校２年）
伊達市教育長賞

追憶の深淵

湖（うみ）の味はどうだったか
今はもう思い出せない
遠い遠い
記憶の中で
僕の海は輝いて

今あの海は何処にある
あの水平線の先にあるだろうか
長い長い
時間（とき）の中で
僕の海は崩れていく

追憶の時に身をまかせ
俺（ぼく）は今日も旅をする
長くて遠い
船旅（じんせい）の中で

あの海をまだ求めている

水というもの

渡邉　金四朗（広野町立広野中学校３年）
弘済会福島支部長賞

水の本当の恐怖を知った日、それは同時に、水の本当の大切さを知った日でもあつた。私達が、たった今、この足で立っている地球――「水の惑星」とも呼ばれるこの星は、生命の宝庫である水におおわれている。広い海の中には、生き生きとした美しい魚たちがおり、海底には、私達が口にする、貝やタコなどの海の幸が豊富にある。水はそのように、命があふれるもの。それが私の知っている水だった。しかし、あの日を境に、私は考えを改めざるをえなくなった。

３月11日、思い出すのも辛くなるあの日、私達の身に恐ろしいことが起こった。突然の地震、今まで味わったことなど無かった大きな地震。それだけでも頭が真っ白になるほどの恐怖だったが、沿岸の方では、あの海が牙をむいた。実際には目にしていないが、テレビでその様子を幾度と見た。あの輝きを放つ美しい海はどこにもなく、ただ黒い巨大な怪物が、町を飲み込んでいった。私の知る水とは違う、命を奪う水。ただただ恐ろしかった。しかも水は、私達の身の回りから消えた。断水だった。手も洗えない、トイレも流せない、飲めない。私はその時、地震が起こる前の自分が、どれだけ水に頼らないと生きていけなかったかを思い知らされた。私達の生活から水を抜いてしまうと、こんなにも何もできなくなるのか、そう知った時、私は初めて、水という存在に感謝した。深く、心の底から。

その日、私は、生き物がどれだけ水に支えられ、必要としているのかを知った。人間はもちろん、動物や植物、虫にとっても、水は大切なものだ。時に牙をむく水ではあるが、それでも私達の生活には不可欠な物なのだ。

今回のことで私達は、水について深く考えさせられた。怖さ、大切さ、それ以外にもたくさんのことを。これからは、水というものに感謝し、無駄にしないように使っていきたい。

幾橋 ほまれ（大熊町立大熊町中学校2年）
大熊町教育長賞

カメと水槽

ベッドに入る前に僕は必ずコップ一杯の水を飲んで眠る。これが僕の小さいころからの習慣だ。水は命の源。これはみんなが知っている。しかし僕の中では、水のもう一つのイメージがどうしても消せない。あの日、東日本大震災の津波が、曽祖母、大叔父、大叔母の命を奪ったというイメージだ。津波で曽祖母たちの家は、跡形もなくなっていた。ここが門だった、ここが玄関、大きいばあちゃんが寝ていた所はこのあたり。すべてが変わり果てていて僕は言葉が出なかった。水は時にすごい威力ですべてを壊していく。人命を奪うことのある水に対して、恐ろしいというイメージが心のどこかにずっとあった。

そんな僕のイメージを変えた出来事がある。妹が用水路にいる大きなミドリガメをゴールデンウィークに見つけた。測ってみると、甲羅は23センチもある。妹は、育てたいと父や母に頼み、育てることになった。僕は興味がなかったが、母や妹が毎日、カメを入れた水槽の水を交換している。「毎日大変だね」と何気なく言ったら、妹が「カメさんだってきれいな水、飲みたいでしょう。ちゃんとカルキもとってあげて、おいしいお水、飲みたいよね。」と言った。考えてもみなかった言葉が、妹から返ってきて僕は思った。僕達が飲む水、カメが飲む水、みんなおいしい水を飲みたい。人間だけじゃない。動物だって、植物だって水がなければ生きていけないのだ。

僕たちが住んでいる地球。地球という大きな水槽の中で僕たちも暮らしている。僕が住んでいる福島では、福島第一原発の事故以来、汚染水のニュースを聞かない日はない。きれいな水、安全な水に早くもどってほしい。汚染水をきれいな水にする技術をたくさん考えてほしい。僕には何ができるだろう。たくさんいろいろなことを学び、たくさんのことを知り、それを生かすことのできる力を身につけていきたい。いつかきっと僕も水をきれいにできる一員になりたい。

大和田　涼平（相馬市立中村第一中学校２年）
アポロ環境賞

2015年

あの日の海

「ねえ、もっと漁の話をきかせてよ、じいちゃん」

小さい頃の僕の口ぐせは、こんな言葉だった。無類のじいちゃんっ子だった僕は、いわきに住んでいる祖父の家をたずねて、祖父の話をきくことが何よりの楽しみだった。

祖父は元漁師で、若い頃は一年の大半を海の上で過ごしていたという。現役を引退してからも、いなだなどの一本釣りにちょくちょく足を運んでいたらしい。そして、その話をよく僕にもしてくれた。一ヶ月前にとれた魚の話や、若い頃に苦労したこととか。その話をしている時の祖父は、いつも活き活きしていて、楽しそうだった。僕はその話をきくのが大好きで、話している時の祖父の楽しそうな笑顔も大好きだった。

祖父は、よく僕を海に連れて行ってくれた。海はその時によって、いろんな表情を見せていた。夕日を浴びて、静かに波打ったり、時には少し荒れて黒くにごっていたり。まるで人の心のようだった。

何年か経って、僕も少し大きくなった頃、また祖父と一緒に海を見に行った。その日は風もなくて、ただ一面に広がっている水が、夕日を反射してきらきらと光っていた。

ずっと向こうの水平線を見ながら、祖父は僕に言った。

「どうだ、渉。きれいだろう。こんな海を見てると、自分の悩みなんて、すごく小さく感じるんだ。お前も何か壁にぶつかったら、また海を見に来るといい。きっと気持ちが軽くなるぞ」

祖父は、ひとつひとつかみしめるように、ゆっくりと話をした。その横顔は、水平線の方を向いていたけれど、何か他の物を見ているようにも思えた。そんな祖父の言葉と、あの夏の海の輝きは、ずっと僕の中に鮮明に残っている。

それから、僕は中学校に入学し、部活と勉強で毎日忙しくなっていった。土日もずっと休みがなく、いつしか祖父の家にも足を運ばなくなっていた。

そんな毎日を送っているうちに、僕はだんだん疲れてきてしまった。部活が忙しくなるほど、勉強する時間が減ってきて、成績もどんどん下がってきた。親は盛んに「塾に行きなさい」とくり返す。暗くなってきた僕を見かねて、兄貴が言った。

「お前、一回じいちゃんのとこ行ってこい。海を見て、話してこいよ」

そうして僕は、部活が久しぶりに休みになった日、一人で祖父の家に行った。バスを降りて、海岸沿いの道を歩く。真夏の太陽の光で、海は昔と同じようにきらきらと輝いている。懐かしい、潮風のにおい。

しばらく、ガードレールの所で海を眺めて、僕は歩き出した。あの日、祖父が教えてくれたこと。海は、どこまでも続き、全てを包みこんでくれる。それを教えてくれた祖父の背中も、そんな優しい海みたいだった。

吉原　みさき（福島市立福島第一中学校2年）

ざぶん環境賞

水の姿

私の住んでいる所は、山が近い田舎です。そのため、私の家の近くには山から流れてきた水で、小さな池が二つ程できていました。そこにはたくさんの生き物が住んでいて、生き物が大好きな私はよく網やおけを持って捕まえに行っていました。イモリをおけで捕まえたり、ざるを使ってドジョウをすくったりと、池や小さな川でよく遊んでいました。その中でも私はイモリが大好きでした。そのイモリはアカハライモリという種類でした。お腹は赤色で、さわるとヌメヌメしていて、さらにプニプニしています。つついた時のびっくりの仕方や、浮いている姿、泳ぐ姿など全てが、かわいくてかわいくて仕方がありませんでした。本当に、イモリが大好きでした。

ある年の夏、イモリのいた小さな池で事件が発生しました。何と、その池が干上がってしまったのです。もちろん、もうそこにイモリの姿はありませんでした。ただ枯れ葉が積もっただけのくぼみはとてもせつなく、この時初めて水の大切さを知りました。

現在、私はメダカを飼っています。私はやっぱり水中の生物が好きなようです。メダカを飼うには、やはり水が必要です。私は飼育に水道水を使っているのですが、飼育水槽によって色が変わってきます。四つの水槽があり、二つは緑色、二つは無色透明になっています。緑色となった水を、私はグリーンウォーターと呼び、小さな子メダカの飼育に使っています。同じメダカなのですが、水の色によって見え方は全然違います。無色透明の水はヒメダカのきれいなオレンジがとても美しく見えます。また、メダカがはねた時にできる水の波紋はこれ以上にない程すばらしいです。同心円状に広がっていく波。縁にあたってはね返る波。水面というスクリーンに映し出される波紋はまさに芸術で、声が出せない程美しいのです。雨の日はさらに、いたる所で波が巻き起こり、絵画の世界に迷い込んだような気分になることができます。そんな様子が楽しくて、神秘的で、暇な時には二、三時間水槽を眺めていることもあります。

水は、沢山の命の源となっています。水がいるおかげで、私たちは生きているし、沢山の生き物が生きていけるのです。そして今回、メダカの飼育を通して、水は私に美しさを見せてくれました。今まで、水はこんなに身近にいたのに興味などなく、美しさなどみじんも感じたことはありませんでした。しかし、それがこんなにも美しく、ありがたい大切な存在だということを、改めて実感しました。

最後に、水にお礼を言いたいと思います。

今までお世話になりました。私が、メダカが、イモリが、地球上の生物が生きているのはあなたのおかげだとやっと実感できました。これからは、あなたに感謝しながら、時々あなたの美しさを拝見したいと思います。これからもよろしくお願いします。

渡邉 彩花（福島市立信陵中学校3年）
ざぶん環境賞

この道の先に続く世界

水の流れは　　時間の流れ
時の流れは　　進化の流れ
水の中　　　　何十億年
進化の歴史が　溶けている

そよぐ風に　　耳をすませば
木々のざわめき　優しく空が
話しかけては　明るく微笑み
光が明日を　　照らし出す

水の命は　　　大地の命
水の力は　　　大地の力
奥深く　　　　秘めた可能性
自然の命が　　流れてる

過ぎる時に　　夜空を見上げ

雲のきれまに　寂しく月が
かすかに歌い　星がつぶやき
静かな闇の　夢を見る

輝く水面　透き通り
きらめく水面　美しく

現世の記憶を　水に託そう
青い地球が　変わらぬように
この幻想が　続くように

大切な大切な　願いと共に

加藤　弘規（福島市立福島第一中学校１年）
ざぶん文化賞

スイカボール

「もっとここで遊んでいたかったのに」

スパ施設でのプール。スイカ柄のボールがたくさん飛び交っていた。私の興味はスライダー。それでも、なんだか目に入るスイカボール。母に頼んでレンタルしてもらった。

さっそく家族四人でプールへ。スイカボールでのトス回しが始まる。

ダイビングしながらボールを追う父。水がなかったらできないスーパープレー。普段家では見られないかっこいい姿。

みんなの様子を見て、ボールをまわしてくれる母。手をグーやパーにしての上手なトス。他の人を気遣える優しい母。

ジャンプしながらトスをする器用な兄。家では静かに見えるけど、プールの中ではとても活発。水の中でますます光った明るい姿。

そして、バレー部の私。普段のボールよりもやわらかくて簡単。体育館では痛そうだけど、プールなら思い切りボールを追いかけられる。夢中になって追いかけてそのまま水の中にもぐってしまうこともあった。あわてて顔を出して手で顔をふく。それが何だか楽しくて、

「もう一回」

と、何度もやりたくなってくる。

空いてきた。場所を広く使えるようになる。父はますますかっこよくなり、母はますます優しくなり、兄はますます明るくなる。

回数も増え続ける。

「六十五、六十六、六十七、あっ」

せっかくの記録もとだえる。それでも、なぜか四人とも笑顔になる。これまで景品でビーチボールをもらっても使いもしなかったのに、初めてのプールの中でのバレーがとても楽しい。水の力は偉大だ。

しかし、兄が言ったしょうげきの言葉。

「寒くなってきた」

体温をうばうのも水の特徴か。私はしぶしぶあきらめた。私以外の三人は、

「楽しかったあ」

と言って上がったが、私は未だにあちこちで飛び交っているスイカボールをうらやましく思いながら上がった。

水のおかげでこんなに楽しくなる。そして、家族のよさまで感じてしまう。やっぱり水は偉大だ。

震災の時に、我が家も断水になった。食器はもちろん、顔すら洗えない日々が続いた。給水所にも何度もならんだ。

そんな水を今はこんなに浴びるほど使うことができている。

生きるために必要な水。それだけでなく、生活を楽しくしてくれる水。水に困り、水で楽しんだ経験から見つめ直すと、本当に水はありがたいものだと感じる。

近野 帆乃香（ほのか）
（福島市立岳陽中学校1年）

特別賞

とうめいな糸

「今年はだめかもなあ」

おばあちゃんが言った。おばあちゃんとおじいちゃんは、トマトをつくっている。つくったトマトはケチャップなどに加工される。だめ、というのはきっと、トマトのこと。なんでだめなんだろう。

「今年は雨が少ないし、虫も多いから。虫に食べられたトマトなんて売れないよね」

おばあちゃんはそう説明してくれた。雨は空から降る大切な栄養だって、前におばあちゃんは言っていた。梅雨入りしたってテレビでは言っていたけど、雨は全然降ってない。これじゃあ、本当にトマトは枯れてしまう。

「雨が降らないときは、じょうろで水をやらないと。枯れたらトマト、とれないでしょ？」

水をやるって、この広い畑に？　大変だろうな。家が二〜三個つくれそうな大きな畑に、手作業で水をやるんだ。すごいなあ、おばあちゃんたち。そんな作業をしないとトマトは枯れてしまう。水は、トマトにとってそのくらい大切なんだ。

「初トマト！」

そう言ったおばあちゃんの手には、新鮮なトマトが一つ。そういえば、このトマトはケチャップになるんだっけ。台所に行くと、ケチャップや砂糖などが並んでる。このケチャップの中にも、おじいちゃんやおばあちゃんがつくったトマトが入っているかもしれない。そう考えるとすごいな、と思った。家でつくったトマトが、形はちがうけど皆の家で食べてもらえる。おじいちゃんとおばあちゃんは、トマトで皆とつながっているんだ。

トマトは、水で成長する。水が、皆をつなげている。そう考えると、水が一本のとうめいな糸のように見えた。

遠藤　優香（二本松市立岩代中学校２年）
特別賞・玉ざぶん賞

祖父と海

私の家は海の近くにあります。そのため海と関わることが多いです。友人と遊んだり、花火をしたり。しかし、津波の被害を受けることにもなりました。海に関するいろいろな経験の中でも一番心に残っていることは、祖父の舟に乗って仕事を生で見たことです。

わたしの祖父母はうに、あわび漁をしていました。ある日祖父に連れられ、舟付き場に行き舟に乗せてもらったのですが、初めて乗った舟は波でゆらゆらゆれて舟酔いになってしまいました。祖父が舟のエンジンをかけると、体が浮いたような感覚がしました。風が体にあたって少し楽になったのですが、海面を見ると、落ちたらどうしようという恐怖がありました。数分たつと舟は止まり、「生けす」を引っぱり上げると中には、うに、あわびがたくさん入っていました。祖父はあわびをヘラの様なもので手際よく取りはじめ、手伝おうと私もやってみました。祖父の働く姿は、家でのんびりしているときとは違っていました。祖父の仕事を自分の目で初めて見ることができました。うにを貝焼きにするのは祖母の仕事です。二人で協力をして何十年も仕事をして来たのに、あの震災でできなくなってしまいました。

東日本大震災は、家の中をめちゃくちゃにしただけでなく、祖父母から仕事まで取り上げてしまいました。今、祖父母は海ではなく、田畑の仕事をしています。試験操業が始まり、少しずつ生活が戻っていくような感じです。海が元に戻り、祖父母の二人が元気に仕事ができ、うにやあわびがたくさん採れるのを早く見たいです。キラキラした海で祖父母が舟に乗り、元気に働く姿をまた見ることができる日を私は楽しみにしています。

新妻 佳乃（いわき市立江名中学2年）

特別賞

海の恵み

「えっ、なになに」

　砂地をチョロチョロと右往左往して、素早く走るなにかがいる。その姿をじーっと目で追ってみる。

「カニだー。すごくたくさんいるー」

　今まで遭遇したことのない光景だった。

　私の住む相馬市松川浦の、干潟観察会での出来事だった。

　松川浦も東日本大震災で大きな被害にあった。地盤沈下により、震災前には干潟になっていた場所が普通の海になってしまったり、私の知る松川浦とは景観も違ってしまった。

　この四年間、復旧工事のため今まで楽しめていた海岸へも足を運ぶことができずにいた。今回の干潟観察会では、日頃工事中で立入禁止場所に入ることができた。

　久々に渡る松川大橋の向こう側には、なつかしい青い海が広がり、見慣れた干潟地帯も目の前に現れた。

　どんな生物との出会いが待ち受けているのだろうかと、ウキウキと潤った砂地に足を下ろした。震災後初めての干潟の感触は、砂が足にまとわりつき、砂地に吸い込まれていきそうだった。

　そして足元を見ると、砂に小さな穴が至る所に開いている。カニの巣。この奥にカニが隠れている証拠である。その近くに目を向けると、アサリ貝を見つけた。そのアサリは、大きく丸々と成長していた。マテ貝、マガキ、ケフサイソガニ等、次々と久々に色々な海の生物と会うことができた。

　ふと顔を上げて辺りを見渡すと、海面が太陽の光に照らされてキラキラしている。海面の奥には、あし等の緑色のきれいな植物が広がり、そのずっと遠くに阿武隈山地が連なり、またその上に青く澄んだ空が大きく広がっている。なんともすがすがしい気分になる。

　干潟には、震災前に絶滅の危険があるとされていた貝等の生物が見つかっているそうだ。

　大きな津波で干潟の環境も変わり、生物達の生活する場も変化したり、無くなったりしたに違いない。でも、あれから四年が経ち、人間が手を差しのべられなかった場所で、生物達が生き生きと生活している。また、新たに干潟となった場所では、新しい生命が生まれているのだ。

「自然の力は、素晴らしい」と感じた出来事だった。夏は何度も打ちよせる波と追いかけっこをして遊んだり、寒い季節には打ちよせる波の音を聞いてほっとしたりしていた。

海は、私達の生活を支えてくれる資源であり、心をいやしてくれる大切な宝物である。今年の夏は、海とそこに生活する生物達の力強さを教えてもらった。頑張る力を与えてくれたように感じる。

そして、その大切な海を守っていくのは、私達なのだ。海を守る工夫、心がけを続け、生物達も安心して生活できる環境を作っていけたらと思う。

佐藤　冬華（相馬市立中村第一中学校1年）
特別賞・うみまる福島賞

泳ぐ

私は、海で泳ぐことが好きでした。小さいころ、夏休みになるとよく家族で海に行って、泳いだりつりをしたりしました。岩のすきまにいる小さなカニをつかまえたり、つりに行ったときには、つれた魚を持ち帰って母が調理したり、アナゴをつった時は当時寿司屋だった祖父に握ってもらったりしました。

しかし、四年前の原発事故で、海に遊びに行けなくなったどころか、実際に海を見ることすらなくなりました。又、津波が襲った町の大きな爪あとを見て、私は愕然としました。あんなに楽しかった海が、こんなに大きな被害を与えるものなのかと思うと、海がとても怖く感じました。

小学校六年生までは水泳を習っていましたが、やっぱり大きな広い海で悠々と魚のように泳ぐほうが、プールで泳ぐよりも楽しいと今でも思います。

そんな時、私は昔海で拾ったシーグラスを眺めます。とても小さく、親指の第一関節分ぐらいの大きさですが、滑らかな楕円形をしていて、すきとおった緑の奥から、波の音が聞こえてくる気がします。

　これを握って目を閉じると、海の楽しかった思い出がよみがえります。姉と一緒にうきわをして波に乗ったこと。帰る前に、母ときれいな石や貝がらを拾ったこと。浅瀬にいたヤドカリをつついたら動いて面白かったこと。どれも、はっきりと鮮明に覚えています。

　私はいつか、もう一度福島の海で泳ぎたいです。青空の下で、青く輝く海の波に乗り、海の生き物とふれあいたいです。

　それと、いつか私が親になったときも、海に来て自分の子どもを遊ばせたいです。泳ぎ方や、カニやヤドカリがいる場所を教え、同時に海の怖さも教えたいです。素晴らしいところと恐ろしいところを同時に教えることで、自然に対する敬意が次の世代に引きつがれると思います。

美濃又　萌香（桜の聖母学院中学校１年）
特別賞・うみまる福島賞

水

　僕は毎年、お盆になると、海へキャンプに行く。そこで、海に潜って魚を取ったり、釣りをしたりしている。ぼくはキャンプが大好きで前日はもうそわそわしていた。とくにテントで寝るとき、眠気でだんだん遠くなる波の音を聞くのが大好きだった。

　でも、四年前、東日本大震災で津波がきて、多くの人が亡くなった。ぼくは、テレビでその映像を見ていただけだったが、それでも自然のおそろしさがどれほどのものなのかが分かった。

　水は、人間が生きていくのに、なくてはならないものだ。飲み水になったり、水力で発電したり、ときには人の命を救うこともある。火事のとき、水で火を消したりする。だが、水は人の命をうばってしまうこともある。砂漠や乾燥した地域に住んでいる人は、食糧不足や水不足になることが多い。夏には多くの人がおぼれて亡くなったり、行方不明になったりする。さきほどの東日本大震災もそうだ。地震などの地殻変動で津波などがおきて、命が助かったとしても海の近くに住んでいた人は、大事な思い出がたくさんつまった家をなくし、家族もなくしてしまうこともある。その津波や地震の影響で、機械がこわれ、原発事故のように、今まで住み続けた町や村、家から出て、他の新しい土地で暮らさなくてはいけない人も多くいた。

僕は、今年のお盆もキャンプに行く。今年はただ楽しむだけではなく、人の命をうばう水、命を救う水について、少し考えてみようと思う。自然はおそろしい、災害をなくすことはできないと思う。だが、私たち人間が自然とうまく付き合っていければ、事故や自然災害が最小限にできるのではないかと思う。

齋藤　優稀（福島市立福島第四中学校２年）

福島市教育長賞

あめ

僕は、いろんな「あめ」を知っています。

一つはふつうのあめです。

学校に行くとき、自転車で通っています。自転車に乗っているときにいろんなあめが降ってきます。

小雨。小雨はシャワーみたいで意外と気持ちが良いです。学校が終わって帰る途中は、体が疲れているせいか小雨が降ると少し疲れがとれる気持ちがします。

普通の雨。普通の雨は正直辛いです。

小雨の倍の雨が降ってきます。

まえは見えなくて危ないし、小雨より冷たく感じます。これくらいの雨の量が降ると、水の強さを感じます。

自転車をこぐときもいつもの軽快な走りができません。

道路には水たまりもいつの間にかできていて、歩く人は避けて歩かなければいけないし歩く人が避けると自転車も避けなければならないです。そうすると、道路は狭くなり、視界が悪くなっている状態で、車が通るのでとても危険です。

家に着く頃には、制服がびしょびしょになり、靴はぐちょぐちょ、鞄は水がしたたるくらいになります。体はかなり冷えきり、状態は、とにかく最悪です。大雨。大雨は本当に辛いです。

大雨が降ると、これからの行動をどうするか一瞬、頭が真っ白になります。

学校帰りだと、一気に帰るか、傘をさして自転車をのんびり押して帰るか、自転車を置いて乗せてもらえる友達の車を探そうかと、いろんな考えが頭をよぎります。

一番は乗せてもらえる車があるのが良いのはあたりまえですが、自力で帰らなければいけないときは一番最悪です。

「バシャーン!!」

これは車が通ったときに僕に降りかかる水たまりの雨です。

汚いし、つめたいし、大雨の時ほど自然の水の力の怖さを知る時はないと思います。

自然の雨をたくさん知る中でも、僕はサッカーをやっていていろんな場所に行きます。

いろんな大雨を知っている中で、その土地や環境によって水はけの良さや悪さを見てきました。

水はけの良い所は、どんな大雨が振っても土がその雨をどんどん吸いとって水たまりができません。

水はけの悪い所はどんどん水がたまっていってサッカーボールを蹴る状態ではありません。

大雨が一瞬でグラウンドを湖のようにしてしまう力をすごいと思うと同時にその土地の土の環境の違いで災害がおこるのだなと感じます。

七宮　俊（二本松市立安達中学校２年）

二本松市教育長賞

水は大切

水は私達の命の源です。私が水について知っていることはそのくらいです。だから私は改めて水について調べることにしました。調べると四十七都道府県全部に川、ダムがあることが分かりました。特に北海道にはダムがたくさんあり百か所以上ものダムがあるそうです。ダムの役割も雨水を溜めるくらいしか知らなかったのです、他にも洪水を防いだり、自然を守るなどのいろいろな役割があるそうです。ただ雨水が溜めてあるもののくらいにしか考えていなかったのでくらしの役にも立っていることを知って驚きました。

さらに驚いたのは、川が高度成長期になるととても汚れてしまったということです。産業で使われた汚染されている水を直接川に流したり、家庭で使われた水を流していたことで、川の水質はとても悪くなり魚や水に住む生きる動物がそこから消えてしまった事があったそうです。人間が環境を変えてしまったために絶滅してしまった魚も三種類いるそうです。絶滅のピンチになっている魚はもっとたくさんいて問題になっています。ですが、今は汚くなってしまった川を昔のきれいだったころに戻そうとする活動がいくつもあります。木を切ってしまった森にまた木を植える活動。数が減ってしまった魚の数を増やすため生息地を整備する活動など力を入れています。

水が汚くなったことで被害を受けたのは、自然だけではなく水を汚した人間自身もです。水を汚くしたことにより植物プランクトンが汚染されます。そのプランクトンを動物プランクトンが食べて動物プランクトンを魚が食べその魚を人が食べる。そのことで有害な物質が体にたまり水俣病などの病気にかかりました。水俣病にかかった人は約一万人と言われています。ですが、水俣尿の原因となった化学物質の生産をやめてからは化学物質も減ってきており水俣湾は、熊本県でもきれいな海のひとつに数えられています。

水について調べてみると昔と今では、川や海、森など自然を取り巻く環境がかなり変わっているということが分かりました。そのため生き物が住みにくい環境になってしまっているところもあるようです。これ以上環境を悪くしないためには、川や海にゴミを捨てないことや川と海につながりの深い森を整えていくことが大事だと思います。

大森　花梨（鏡石町立鏡石中学校１年）
アポロ環境賞

ぼくにとっての海

ぼくは海が大好きです。波の音、海水の味、やわらかい砂浜、海の風、全てを愛しています。時によって波の音が変わります。悲しい時は、「気にするな」と元気づけ、ぼーっとしている時は、子守歌が聞こえてきて、楽しい時は、一緒に遊んでいるような気がしてきます。こうして、ぼくはいつからか海と親友のように話せるようになっていました。

ぼくは、サーフィンをやっているので、よく波にのまれる事があります。そして、何回も海水を飲んでいます。決して美味しいわけではないのですが、海が感じられて好きです。しょっぱいというか、辛いというか、塩辛い感じが好きです。

夏の砂浜は熱いです。海に入る時は必ず通らなくては行けない場所です。正直、夏の砂浜は熱すぎて好きにはなれないです。夏以外の砂浜とかは、さらさらして気持ちいいですが、夏の砂浜は本当に熱いです。でも、やっぱり、さらさらして、やわらかくて、自分の足を包みこんでくれる砂は好きです。

あと、海の風とも話せる様な気がします。波と同じく、悲しい時ははげまし、楽しい時は、遊んでいる様な気がします。でも、ぼーっとしている時は、今日は今日の風がふく、と教えてくれます。ぼくは、今日の今は楽しめという事だと思います。そうやってぼくは海と通じあっていると思います。

ぼくが、海に初めて出会った時は、まだ1歳くらいだったと聞きました。そんな小さい時から、海と一緒にいるので、ぼくにとって海はものすごく特別な存在です。これまで海に、自分が小さい事とか、どうでもいい事を考えすぎてるとか、色々教えてもらいました。でも今度は海に教える番です。ぼくが住んでいる地域に、永崎海岸があります。前までは、海水浴ができていましたが、今は大震災の影響で、放射性物質が含まれているから海水浴は、できません。だからまた永崎海岸に海の楽しさを教えてあげたいです。もちろん、地域の方々にも、もう一度海の楽しさを知ってもらいたいです、ぼくも、サーフィンをやっているので、永崎海岸が使えるようになったら嬉しくてたまりません。きっと、永崎に住む皆が喜ぶと思います。だから、早く前の永崎海岸にもどしてください。そして、夏の永崎海岸を静かな永崎海岸ではなく、にぎやかで楽しい永崎海岸にしてください。将来、ぼくはプロサーファーになって、世界で活やくしたいと思っています。ぼくが、プロサーファーになるためにも、永崎海岸をもっときれいにして、東日本大震災が起きる前の、楽しくて、うるさいくらいにぎやかで、最高の永崎海岸にもどしてください。

佐々木 海紀（かいき）（いわき市立江名中学校1年）
弘済会福島支部長賞

水は貴重品

　私が中国から日本に来て驚き、不思議に思ったことの一つは、どこに行っても、青々とした木々や植物が真っすぐに育ち、きれいな花が咲いているということです。

　今、私は東日本大震災と東京電力福島第一原子力発電所の事故により、大熊町から会津若松市に避難して、仮設住宅に住んで、大熊中学校で勉強しています。住民が作った花壇以外にも、舗装された道路の隙間や空き地に草が生え、花が咲いていて、心を癒やしてくれます。誰が植えたわけでもないのに、自然に育っています。

　これらは、私が育った中国広東省では考えられないことです。なぜなら、地面はいつも乾燥しています。特に夏は三十度以上の気温が長く続くことがあります。そのために、雨が降ってもすぐに蒸発してしまいます。家の周りに花や植物を植えても、人間が水を与えないと、自然に育つことは出来ません。山の植物や木も大きくなれません。また、中国の田んぼは、日本のように、いつも水が張られていることはありません。水が地面に溜まっていられないからです。ですから、お米や野菜を作るのがとても大変です。

　そんな中国と比べて、道路の隙間や空き地にさえも植物が育つのは、日本が水に恵まれているからだと思います。そのお陰で、季節ごとにきれいな花を楽しむことが出来ます。日本語には梅雨や時雨、小雨など、雨に関する言葉が千二百語以上あるそうです。このことからも、日本は水が豊富だということが分かります。

　私は中国で生まれましたが、最近は、日本の生活にも、仮設住宅の生活にも慣れてきて、水道を使う時に出しっぱなしにするなど、水を粗末にすることが多くなってしまいました。昨年、久しぶりに中国に里帰りしたときに、そのことに気付かされました。中国と日本という二つの国に住むことが出来たことで、水の有り難さと大切さを改めて知ることが出来たのです。

日本が水に恵まれていることはすばらしいことですが、水があることが当たり前になって、その大切さを忘れてはいけないと思います。世界には、一杯の飲み水さえも手に入らない国もあるのです。

水はとても透明で目に見えないけれども、動物や植物の命の源です。これからは、水は貴重品だということを日本人にも知ってもらうとともに、水の恵みに心から感謝して、もっともっと大切に使わせていただこうと思っています。

大竹　英子（大熊町立大熊中学校3年）
福島県選考委員会特別賞

2016年

水の弟

ある日
私の故郷が　大きな津波におそわれた
いつもいつもそばにあって
私たちをたすけてくれていた水が
家を　町を　そして私の弟を
のみこんでいく

弟は　水が好きだと言っていた
海で泳ぐのが好きだ
川で釣りをするのが好きだ
水は地球の宝だ
いつもそう言って　水を大切にしていた
それなのに　水は　弟を裏切った

避難してからしばらくは

水に触れるのが嫌だった
弟を奪った水が　憎かったから

それから私は　水をたくさん無駄使いした
水なんてこの世から消えてしまえ
そう思って無駄使いした

ある日　私は気づいてしまった
この水の中に　弟がいることに
無駄使いした水の中に　弟がいたことに

水は　地球の宝なんだ
月にも火星にも太陽にもない
水は　地球の宝なんだ
弟の声が
私の目から水がこぼれた

佐久間 香那（大熊町立大熊中学校３年）
ざぶん文化賞・福島県教育長賞・大熊町教育長賞

永遠

水は語る　記憶を
水は想う　歴史を
光も闇も
真実を　全て伝えて

雪どけの　川が流れる
歌うように
雨が降り　虹が輝く
笑うように

水は憂う　過ちを
水は祈る　幸せを
流れ続ける
時の中　ただ見守って

風が吹き　稲穂がゆれる

喜ぶように
草が枯れ　静けさが増す
微睡むように

春夏秋冬　繰り返す

水は信じる　未来を
夢や希望は
限りなく　有るはずだから

水は慈しむ　世界を
奇跡とは
幻では　無いのだから

水は語る　語り続ける
願いを込めて　永遠に…

特別賞

加藤　弘規（福島市立福島第一中学校２年）

石巻市を訪れて

私は、海がとてもすばらしいものだと思います。魚が泳ぎ、太陽に照らされ、輝いていてとてもきれいなものだと思っていました。しかし、あの震災から海にはもう一つの顔があることに気づきました。

二〇一一年三月一一日、太平洋沖で大地震が発生しました。私は、海に面していない中通りの小学校にいましたが、大きなゆれに身も心も震えました。しかし、浜通りや石巻市、南三陸町では地震のゆれだけでなく、巨大津波も町を襲いました。その被害はとても悲惨なもので、私もテレビでその光景をまじまじと見ていました。

そして、その東日本大震災から今年で五年を迎え、中学二年生になった私は、学校を拠点としている「防災リーダーズ」に入りました。「防災リーダーズ」では、もし災害が起きたとき、どのように動き、どのように自分の命を守ればいいのか、地域でどのような災害が起きやすいのかを参加者のみんなで考えます。

　今回私たちは、津波の被害が最も大きかった石巻市の大川小学校の跡を見に行くことになりました。石巻市や南三陸町はリアス海岸と呼ばれる複雑な地形により、多くのものが飲み込まれてしまいました。大川小学校に行く前に海沿いの様子も見に行きました。海沿いは、だいぶ復興が進み新しい建物や堤防がたくさんできていました。また、震災のときに流されたとても大きな市場もすっかり直り、以前のにぎわいが少しずつ戻ってきていました。しかし、辺りの木々を見てみると上の方に葉がついていても、下の方は枝が折れたり、枯れたりしていました。家々の間にある荒れ地を見ても、草の間から以前あった家の土台のコンクリートが見えていました。

　そして、大川小学校の跡地を最後に見に行きました。大川小学校は海から四キロ離れた場所にありましたが、すぐ近くの大きな川をつたい、予想以上の被害が出てしまいました。また、大川小学校が避難所だったことから判断が遅れ、その時そこにいた七八人中七四人が流され、七〇人死亡、四人行方不明、生存者四名という悲劇が起きてしまったのです。小学校の建物の跡は震災のときのままでした。コンクリートと鉄筋だけの建物になり、二階の渡り廊下はなぎ倒され、ねじれていました。行方不明者の遺族は今も小学校に探しに来るそうです。バスでたくさんのことを教えてくれた語り部の方もそこでは、多くのことは話せませんでした。

　海は私たちにたくさんの恵みを与えてくれるすばらしいものですが、時には恐ろしいものにも変わります。この震災を知らない小さな子供たちと世界の人々に自然のすばらしさを伝えながら、自然の恐ろしさも伝えていきたいです。そして、このような大きな災害が起きたとき、どのようにしたら良いのかを勉強し、自分の命、家族の命を守っていけるように努力していきたいと思います。

齋藤　夏葵（なつき）（伊達市立伊達中学校２年）
特別賞

じいじの薪風呂

屋根の上から白い煙が上がっている。

私は、自転車で凍えながら煙の方へ走った。

もうすぐだ。私は急いで支度をする。

「お風呂入れるぞー」

ほら来た。

私は、祖父母の家に走ってお風呂に浸る。

ザブーン!! お湯が湯船からあふれ出す。

(あったかい……)


隣の私の家にもちゃんとお風呂はある。

ボタンを押せばそれだけで勝手にお湯が入るお風呂が。

だけどほとんど使わない。

じいじのお風呂が好きだから。

祖父は山で木を拾い、それを乾かして割り、
毎日毎日火を起こし、お湯を作って風呂に送る。
ボタンを押す何倍もの労力を使って、
毎日あのお風呂ができあがる。

祖父のお風呂は温かい。

その一日の寒さも疲れも嫌なこともほどいてくれる。

そしてじんわりといつまでも温かさが残る。

ボタン一つのお風呂では味わえない祖父の想いが宿るお湯だ。


今日はね、部活ですごい記録を出したんだ。

お風呂に入るとき、じいじに報告しなきゃ。

そしてお風呂に浸ってその時のことを思い返して嬉しくなるんだ。

だから白い煙を見ながら待っている。

「お風呂入れるぞー」

大須賀 愛依（めい）（新地町立尚英中学校3年）

特別賞

僕と海

僕は、海が好きだ。見わたす限り広がる海原。熱い砂浜。冷たい水。打ち寄せる波の音。潮のかおり。毎年、暑くなってくると、早く海に行きたくて、うずうずする。

両親が共働きで、夏休みにあまり出かけることができなかった僕は、祖父によく海に連れて行ってもらった。

小さいころは、泳げなかったので、砂浜で貝殻を拾い集めたり、かにをつかまえたりして遊んだ。祖父と一緒に、岩に張り付いている貝を取って、家でゆでて食べた。結構おいしかった。

少し大きくなってからは、浮き輪を使って泳げるようになった。祖父に引っ張ってもらって足が着かないところまで行き、波にぷかぷか浮かぶのが楽しかった。体が冷えると、砂にうまって温めた。砂から出ると、まるで砂でできた服を着ているようで、おもしろかった。祖父には、海の楽しさをたくさん教えてもらった。

最近は、「ボディボード」にはまっている。ボードを使って楽しそうに波に乗っている人を見て、僕もやってみたいと始めた。ボディボードは、ボードにうつぶせになって体をのせ、波に乗る遊びだ。僕が思っていたよりも波に乗るのは難しく、何度も波にのまれては、ボードから落とされてしまった。だが、練習を続けていくうちに、少しずつ上手く波に乗れるようになっていった。

「高くて強い波が来るのを待つ」

「良い波が来たら、すぐに岸の方を向いて、すばやくボードに乗る」

「波にのまれないようにバランスを保ちながら、真っすぐに進む」

上手く波に乗り、スピードにのって一気に岸まで進めた時は、とても気持ちが良い。失敗して波にのまれてしまうと、水中で体がぐるぐる回り、どちらが上か下かも分からなくなるが、それもおもしろい。

今年の夏休みに、祖父と母と一緒に海に行った時に、人がおぼれてしまう事故があった。パトカーや救急車が来て、テトラポットの辺りを船が行き来していた。ヘリコプターも来て、たくさんの人達が、おぼれた人を探していた。海のこわさを実感した。海はとても楽しい場所だが、危険な場所でもあることを忘れずに、安全に遊ばなければならないと改めて思った。

大きくなったら、今度はサーフィンにちょう戦したい。華麗に波に乗るサーファーの人達は、とてもかっこいい。僕も、かっこよく波の上に乗ったり、波のトンネルをくぐったりしてみたい。また、スキューバダイビングもやりたい。映画で見たグレート・バリア・リーフのさんごしょうにもぐって、いろいろな魚を見てみたい。

これからもずっと、夏の僕は、真っ黒に日焼けしているだろう。

根本 隆太郎（いわき市立泉中学校1年）
特別賞・うみまる福島賞・玉ざぶん賞

祖父からの教え

「川から水あげんなねなぁ。」

ぼくの祖父は農業をやっていました。

広い畑には、たくさんの果物が実ります。定期的に雨が降らないと、水不足になり、おいしい果物が実ってくれません。

しかし、そんなに都合よく雨は降ってはくれないものです。それでも、果物を作って行く上で必要な水を確保しなければならないのです。

祖父の畑は、農業用水路に隣接していて、雨の少ない時期や、作業をする上で水が必要な時は、水中ポンプを使い水をくみあげて使用します。

とても長く太いホースの様なもので、一本一本きちんと根元に水をあたえていた祖父の姿は、今でも目にやきついています。

一度だけ、根元においてあった水の出ているホースにイタズラをした事があります。今思えば、なぜそんな事をしたのか、理由は思いだせません。ただなんとなく根本のホースをずらして、何もない所に水を流して遊んでいました。しばらくすると祖父にイタズラがばれてしまいました。

怒られると思いきや、祖父は、黙ってホースを根元に戻すと、

「川の水でも大切にすんなねんだ。この水ないど、困るべ。いつ水干あがっかわがんねんだがら。」

「木さ、いっぱい水けでけろ。いっぱい水飲むから根っこみでろな。」

そう言われた事だけは、今でも覚えています。

あの頃のぼくには、ただの祖父の言葉でした。今になって少しだけわかってきた事があります。

川の水でも大切にする。水道から出る水だろうが、その辺りの川の水だろうが、私達にとっては、どちらも同じくらい貴重で大切な水なんだという事です。

水は、無限にあるものではないのだと思う様になりました。

雨が降りその雨は自然を育て、育った自然は私達に水をもたらし、命を育ててくれると思います。

きっと祖父は、農業を通じて、水の大切さをぼくに教えてくれたのだと思っています。

水が必要なのは人間だけではありません。この世に生きているすべてのものは、命ある限り水を必要とします。

しかし、時として水は、命を奪う恐ろしい存在にもなります。

ぼくは思います。

こんなにも命と水は、深い関係性をもち、良くも悪くも水なしでは生きていけないということを、常に頭の片隅に入れておかなくてはいけない。水による天災もあるかもしれないが、扱い方を間違えなければ、恐ろしい存在になることはないのではないか。

あなたは想像する事ができますか。水のない世界を。

伊東　龍騎（福島市立北信中学校２年）
福島県選考委員長賞

見る水と触れる水

水ってすごく綺麗。蛇口をひねって出てくる水は透明なのに、海やプール、川、湖は青く見える。広く澄み渡る空を反射して青く見えるんだと思う。太陽の光を反射させて水面がきらきらと輝く。真っ赤な夕日が水面に近づくと水はたちまち空と共にオレンジ色になっていく。私はこの景色が大好き。周りの景色によって見せる水の色の変化。深く生い茂る木に囲まれた水は緑色に染まり、広い青空の下の水は青色。真夜中の中にある水は夜空を反射して紺色。そこに明るい月が混じれば水は一部だけ僅かに黄色になる。この水と風景が調和した景色が、私が好きな景色。何故かは知らないけど、心打たれ、心が落ち着いて、不思議な気持ちになる。でも、それを絵で表現するのは、とても難しい。私は絵を描くのが好きで、海の絵をよく書くけど、水の透明感を表現するのは難しい。だから、海を綺麗に描ける人はすごいと思うし、いつか、自分もあんな絵を描きたいとも思う。それくらい私にとっての目で見る水は心を打ってくるものなんだ。

見る水は綺麗でいいけれど、体に触れる水は怖い。水中に空気は無いから、水に沈めばやがて息ができなくなって普段陸上で暮らしているもの達は死んでしまう。五年半前におきた東日本大震災。私達が住んでる福島県にも被害は出た。地震に伴っておきた津波によって流された家や植物や人。海の水は静かに凪いでいる、いつもは。でもその時だけは得体の知れない水になった。たくさんの人を飲み込んで、人々は抗えなくなって、やがて死んでしまう。水だけでも、たくさん集まれば簡単に全ての生物を殺してしまえるほど。私の心を魅了した水は、時には全てを飲み込んでしまうというのが私は東日本大震災を通して分かった事だった。当時は一年生で、地震は地面が揺れるだけ、津波は海の波がちょっと大きくなったものと簡単に捉えていたが、全然簡単じゃなかった。地震がおこってからは蛇口をひねっても水が出なくて、トイレもお風呂ももちろん水は出ない。そんな時に父が水を持ってきてくれた。浴槽一杯分の水を。しばらくその水を使って生活した。そしたら、小学校の水道が開通したと聞き、母と、弟と三人でペットボトルを持って水をくみに行った記憶もある。

今思い返すと、

「大変だったね」

という笑い話にすぎないが、当時は大変でも楽しく生きていたと思う。小学校まで歩いてくみに行った水の重さを、今でも私は覚えている。東日本大震災で水のありがたみも分かった。だからこそ、これからは目で見る水も、体に触れる水も、両方を受け入れて水を大切にしていきたいと、私は強く思った。

木下　遥（福島市立北信中学校１年）
福島市教育長賞

私達の必要な物

二千十一年、三月十一日、突然私達を襲った東日本大震災。福島県と宮城県は大きな地震、津波の被害にあった。福島県は原発事故で、浜通りはほとんどが避難区域になってしまった。ここから私達の生活が一変した。

次の日も水は出ず、トイレも流せなかったため、地下水があるお宅に水をもらいに行った。でも、ほとんどの家は水も無く、食料も減っていくため多くの人が、この先どうなるのだろうと思っていたと思う。それから一週間後、ようやく水が出た。そして近くのスーパーでレトルトや缶づめなどの食料品が売られるようになり、みんな競うようにして買い込んだ。私も母と一緒に倒壊しかけたスーパーに行った記憶が残っている。母が

「水が出なければ、お湯をわかすことも出来ない。粉ミルクも、お店には一つも残っていないから弟が

母乳で良かった。」

と言っていた。それを聞いて、どれだけ私達の生活に水が欠かせないものなのか改めて感じた。

幸いにも私の家の周辺は、停電には至らなかった。余震は続き、この町はどうなっていくのか小学生ながらも不安が大きかったのを覚えている。テレビでは津波の映像が常に流れ、建物や車、ときには人が流される様子が何度も何度も繰り返し放送されていた。自然の力は、こういう恐怖を引き起こすのだなぁと思った。

度重なる余震で部屋は荒れ、どうしたら良いか分からない不安から二階にも上がれず家族全員で数日間一緒に眠った。冬ではあったが私はいつお風呂に入れるのだろうと思った。一週間ぶりに、お風呂に入れることになったとき、大喜びして、お風呂に浸った。久しぶりに入ったお風呂は、今までに感じたことのない気持ち良さだった。水を大量に使う洗たくは、必要になったら手洗いを母と祖母がしていた。教科書で見る昔の生活様式に戻ったようだった。現代の私達の生活が、どれだけ便利で時間を有効に使っているのか、震災を通して、気づいたような気がする。震災は色々な物をうばった出来事であったが、今の時代を生きている私達に色々なことを教えてくれた出来事でもあった。水は、かけがえのないもの。震災の出来事を覚えていない六才になった弟にも水は大切なんだよと教えている自分がいる。

「何で？」

と聞く弟に自分が経験したことを教え、蛇口をしめると弟も、もったいないと理解してくれている。朝起きて顔を洗い、のどが渇けばすぐに水が飲める、汗をかけばシャワーも浴びられる。当たり前のことのように思えるが、限りある資源として、水を大切にし今不自由なく送られている生活に感謝したいと思う。

小島　冬羽里（ふわり）（伊達市立松陽中学校１年）

伊達市教育長賞

「母なる水」

　私は昔から、「水」が好きであった。だから、プールや海へ行くのがとても楽しみだったのだ。プールや海へ飛び込むと、最初は冷たさでブルッと体が震える。だが、水はゆっくりと私の体になじんでいく。優しく包みこんでくる。その感覚がたまらないのだ。体になじんできたところで、水中に潜る。ブクブクと泡が立ち、もう全身がすっかり水に覆われてしまう。私はいつも、そこでふと思う。どこか懐かしいような、安心するような感覚がするのだ。水の中はとても居心地が良くて、もう、眠ってしまいそうになるのだ。私はなぜ安心するのか不思議に思っていた。

　雨が降っている時も私は同様に安心する。これは最近気付いた事だ。他の人はたいてい雨は嫌だと思っていると思う。せっかく整えた髪や服がぬれてしまうし、足元がぬかるんで靴が泥だらけになってしまうからだ。しかし、私は雨の日だと朝からなんだかウキウキしてしまう。強い雨だと尚更だ。雨が降っている休日、私はわざわざ外に出てお気に入りの黒い猫の傘を広げて雨に打たれに行く。変な習慣だ。パラパラと傘に打ちつける雨音がとても気持ち良いのだ。

　眠る時、雨が降っていると、よし、と思う。ザアザア降って、ポチャン、ポチャンという雨音を聞くと、とても安心して眠れるからだ。晴れの静かな夜はいつも余計な事を考えてしまってよく眠れない。けれど、雨の日は雨音が余計な事を消してくれる。だから眠れるのだ。

　私は以前、眠れない夜はいつも機器で「安眠できる音楽」と検索してその音楽を聞いていた。それで私は気付いた。安眠できる音楽の中には雨音や川のせせらぎ、水中などの水の音が多かったのだ。私がいつも雨音で安眠できていたのはそのためだったのだ。

　では、なぜ人は水の音で安心できるのだろう。私は、機器でその事を調べた。

　人は皆、生まれる前は、お母さんのお腹の中の羊水という水に包まれている。赤ちゃんを優しく包みこんで、心地よい眠りへと誘う温かい水だ。私達人間は、お腹の中にいた赤ちゃんの時の記憶はないが、自分を包み込んでくれた水の優しさ、水音の心地よさを知っている。だから、水音で人間は安心するのだ。納得がいった。私が水が好きなのは脳の中に安心するお腹の中での生活が刻みこまれているからに違いない。

水はとても尊いものだ。私達人間は、毎日水と関わり合って生きている。洗い物や洗濯、お風呂、水を飲んだりと、たくさんだ。そんな大切な水を汚してしまうのは辛い。今は嫌でも汚い川の水や、海が目につく。自分を優しく包んでくれた母なる水が汚れていくのは嫌だ。どうか、川などにゴミを捨てないでほしい。私は思うのだ。汚いゴミを包み込む水ではなく、魚などのたくさんの命を包み込む美しい水になってほしいと。

大内　杏莉（二本松市立二本松第二中学校３年）
二本松市教育長賞

また行きたい、あの海へ

私は海が大好きだ。暑い日に、太陽に照らされてキラキラと輝いている海。どこまでもどこまでも続く広い海。

私が小学生のときは、夏休みに海に行くのがとても楽しみだった。海に行って、お気に入りの貝殻を見つけたり、波が追いかけてくるのを走って逃げてみたり、砂浜でスコップやバケツを使って遊んだり。あの頃を思い出すと、今でもわくわくする。もう一度、あの海で遊びたい。泳ぎたい。

私の祖父は漁師だ。だから、この海の魚がとてもおいしいのは知っている。この海に、こんな魚が泳いでいるのか、と驚くこともあった。やっぱり、海に出るってかっこいい。私の祖父が中学校を卒業してすぐ、海に出たと聞いたときはすごく驚いた。もう何十年も海に出ているんだ。

そんな祖父が、東日本大震災のことを話してくれた。

「十メートルぐらい、たけえ波だったんだど。おっかねがっだ」

と方言まじりだったが、話してくれた。波が十メートルと聞いたとき、祖父はよく生きて帰ってきたなと思った。何と、祖父は、海に放り出された漁師を一人助けたのだと言う。確かに帰ってきたとき、上着を手に持っていた。さすが、私のおじいちゃん。と素直に思った。一番強く思ったのは、帰ってきてくれて良かった、ということ。これからも長生きしてほしいと思う。

　私は、祖父の話を聞いて、海の恐ろしさを知った。まさか、あの大好きなキレイな海が何もかもを飲み込んでしまうなんて。本当に想像もしていなかった。誰も、あんなに大きな津波が来るとは思ってなかったと思う。あの震災が起きてから海に行っていない。あの海は、元に戻るのか。前みたいに、砂浜で貝殻を拾ったり海で泳いだりできる日が来るのだろうか。また、あの海で泳ぎたい。心からそう思う。

　海の水はしょっぱい。その感覚を忘れたくない。私はきっと、海に行けばたくさんの思い出や出来事を思い出すだろう。海という大きな存在が、恐ろしいことをしたとしても、やっぱり小さい頃から見てきた海が大好きだ。

小野　未来（みく）（新地町立尚英中学校３年）

新地町教育長賞

木漏れ日の中で

今日も泉のまわりには木漏れ日がさし、小鳥が歌い、魚たちは透き通るようにきれいな水の中でこぽこぽとおしゃべりを楽しんでいる。「平和だなぁ」思わずつぶやいていた。

　ぼくがこの泉に来たのは、木から黄色や赤の葉が踊るように落ちていく、そんな季節だった。あの日初めて泉で彼に会った。彼はぼくを見て、「こんにちは、カワセミくん。君みたいにきれいな鳥には初めて会ったよ」と言った。ぼくはとてもうれしくて泉の上を飛びまわった。そうしてぼくと彼は仲良くなったんだ。

　彼、というのは、ぼくにもよく分からない。黒ぶち眼鏡の不思議なおじさんだ。泉の動物たちは彼のことをさとーさんと呼んでいる。ぼくは彼のことを泉を守る仕事をしている精霊なのだと思っている。

　雪が降る日、彼はぼくに聞いた。「君はどうして泉に来たんだい」ぼくはこれまでのことを話した。前は川の近くに住んでいたことや、人間がその川の護岸を『こんくりーと』に変えてしまって巣がつくれなくなったこと。静かにぼくの話を聞いていた彼はゆっくりと口を開いた。「そうか。最近人間は水を自分たちのためだけにあるものだと勘違いしているようだ。その上、昔のように水を大切にすることもなくなった。水がなかったら魚や動物だけじゃなく、人間も生きてはいけないというのに……」彼は悲しそうな目をしていた。でもその後ぼくがいたことを思い出したようにぼくを見ると、「つまらない話をしてしまったね。ごめん」とごまかすように笑った。

　晴れていたのがうそのように、急に雪が降り始めたあの日、ぼくはいつものように泉の魚たちとおしゃべりをしていた。その時、あれは起こった。ぼくは初め何が起きたのか分からなくて、ただただ怯えていた。「地震だ。カワセミくん、離れないで」長い長い揺れが終わり、泉に再び静寂が訪れた。と思ったのもつかの間、その揺れの子分たちが何度もぼくらを襲った。一週間がたつと日に日に魚たちの元気がなくなっていった。『ほーしゃのー』のせいだと彼は言った。さらに何日か過ぎ、ぼくと仲の良かった魚が死んだ。その頃水や空気は目に見えない毒によって汚染されていた。

　あれから五年がたった。泉の一番近くの村の人間は長い間留守にしていたけど最近帰ってきた。村の犬フクが言うにはほーしゃのーのせいで安全な水や魚がいなくて、人間の方も苦労したそうだ。でも泉にはまた、暖かい木漏れ日がさし、あの魚の孫が生まれて元気にこぽこぽおしゃべりしている。ぼくは思わずつぶやいた。「平和だなぁ」

人間は水の大切さを思い出せただろうか。でもぼくは人間だってそんなにばかじゃないさって思うんだ。きれいな水があるというだけで特別なことはない、あたり前だけど平和で幸せな日々。そのありがたさ。いつまでも忘れないで――。

熊田　菜桜（なお）（郡山市立郡山第四中学校３年）
弘済会福島支部長賞

2017年

水がくれた祖父の笑顔

「お宅のご主人は孫がくると、隣の家まで聞こえるような声で笑っているからすぐ分かる」と、祖母は近所の人から言われたそうだ。祖母はいつも嬉しそうにその話をする。

我が家で母の実家に行くのは年に数回だが、祖父はいつも楽しみに待っていてくれる。

お盆に行くと、祖父は自分で竹を割って作った大がかりな流しそうめんのセットを準備している。スタート地点は縁側で、祖父が大切に育てている芝生の上を通り、ザルを置いたバケツがゴールとなる。そこまでの間に私たち孫四人が、つゆの入った容器とはしを持って準備する。

スタート地点まで張り巡らされたホースから水を流し、いよいよ始まる。竹の中を水が通り過ぎる音が心地いい。水はキラキラ輝き、涼しさを感じさせる。

「行くぞー」

嬉しそうに叫ぶ祖父の手から次々とそうめんが流される。

「とれたー」

まだはしを上手に使えないいとこもだんだんコツをつかみ、上手にとれるようになっていく。

流されるたび、歓声が上がる。はしの角度を工夫して、四人とも上手にとれるようになる。流れる水の力か、そうめんがとびきり瑞々しく、そして美味しい。

どれほど食べただろう。さすがにもうお腹がいっぱいと思ったころに、なぜか赤い物が流れてきた。

「うわぁ、ミニトマトだ」

こうして、また歓声が上がる。ゴロッゴロッと、水しぶきを上げながら流れるトマトの動きがおもしろい。四人でだれもとれないものも出てくる。それでも、とれた時は何だか嬉しく、瑞々しいミニトマトが一段とおいしい。

「ぼくにもやらせて」

と、いとこが流す方に回ると、もう大変だ。そうめん、ミニトマト、突然キュウリまで流れてくる。

こんなふうに流れる水によって、祖父母の家のお盆はにぎやかになる。ご近所さんから言われるくらいだから、一番楽しんでいるのは祖父ということになるだろうか。

その祖父が亡くなって、四度目の夏が来た。お線香をあげ、庭に出てホースを見ると、今でもあの時の笑顔を思い出す。

近野　帆乃香（福島市立岳陽中学校3年）
ざぶん文化賞・福島県教育長賞

海と香りと思い出と。

海へ行ってみる。波が足元まで寄せる。波と同時に心地良く潮風が吹き、鼻に海の香りを運んでくる。裸足の右足、人工の左足。もう少しで波に触れそうになったので私は後ずさりした。

「ちょっと！　義足だけは海水につけないでちょうだい！」

母の大きな声が聞こえてくる。

「分かってるよ！　大丈夫だから！」

私も負けじと声を張る。母は、このすがすがしい海の香りが嫌いらしく、日傘の下で嫌そうな顔をしている。父は、上手く開かないテントと奮闘していた。

海と向き合う。次へまた次へと重なるように波がこちらへ向かって寄せる。波がたつ度に太陽の光を反射してきらきらと光る。目線を上げると、水平線が見えた。どこまでも真っ直ぐな水平線。さらに目線を上げると、空の真ん中に光る太陽が眩しかった。私は目をつむった。太陽があまりに眩しかったからではない。この海と向き合うためである。

かつて、海沿いにあった私達家族の家。当時、私には、幼い妹がいた。一歳半の妹はやっと歩くことができたぐらいだった。そう、そんなある日だった。小学四年生だった私が、教室で授業を受けていると、とても低く、力強い地鳴りが聞こえてきたのだ。クラスメートもざわめき出した時、突然、教室が、いや、学校全体が大きく揺れたのだ。その後の放送で地震だと知った。怖かった。しかし、悪夢はこれからだった。津波が押し寄せてきたのだ。避難のため、階段を下りる時、ガラスが割れて左足に突き刺さった。避難場所に着くと、この足は切断し、義足となったのだ。避難場所に着くと、一分も経たないうちに、下の街は波に飲み込まれた。そこには、大勢の人達が集まっていて、その中には、母と父もいた。だが、妹は見当たらない。母に聞くと、急に涙を流し、私を抱き締めてきた。父を見ると、流される街を遠く見つめながら、「ごめんな」と一言呟いて一筋の涙を零(こぼ)していた。

海に触れる。義足が波に触れないよう、右手を波に向けた。右手に波が触れると優しくひんやりとしていた。今は、もっと内陸部に住んでいる。海に触れるのは久しぶりだ。あの日、街を襲った海とは、思えない程、綺麗で穏やかだ。でも、ふいに、あの思い出が蘇る。海に奪われてしまった妹。可愛かった妹のことを考えると、無意識に涙目になっていた。だが、その涙を海の香りが拭ってくれた。そうだ。私はここに、過去を引きずるために来たのではない。足元に流れついた貝殻を拾って立ち上がる。妹の分も楽しく生きよう、と心に決め、左足を見ると、その鉄の足が妙に誇らしく見えた。

山田 梨瑚（伊達市立松陽中学校2年）
特別賞・うみまる福島賞・玉ざぶん賞

富岡の海

「水」のイメージとして、私が一番に思い浮かべるのは、「海」だ。海の中でも最も印象に残っているのは、祖父母の家に行った時に毎年遊んだ富岡の海である。

浜辺で貝を集めたこと。ピンクの小さな桜貝を見つけると、壊れないように、慎重に持ち帰り、箱に入れて宝物にした。

流れ着いた海藻を集めたこと。「大漁だ、わかめかな。こんぶかな。おいしいのかな」気分は、まるで漁師だった。

カニを初めて見たこと。祖父の両手が開いた時に不意に現れたカニを見た時の感動は、今も忘れない。祖父の手をとび出したカニは、本当に横歩きだった。岩場の奥に逃げ込むまでずっと眺めていた。

どこまでも青い海。ずっと先は、太陽の光を受けて輝いていた。輝きの先には何があるのかよく聞いた。アメリカ、カナダ、オーストラリア…私の世界が広がった。

海から帰る時は、足についた砂がなかなかとれなかった。祖母が、大きなタオルで私を丸ごとくるんでくれた時の安心感。心地よい疲労感。

やさしい波の音に包まれながら、私の中に今も鮮明に残る富岡の海の思い出である。

しかし、私の中の楽しい海の表情が、六年半前に一変した。

東日本大震災。

「ゴォーという音がしました」

被災された方の恐怖と疲労に満ちた表情。祖父母が笑顔で迎えてくれた富岡の駅が流された写真を見たときの衝撃。原子力発電所も被災して事故が起きてしまった。放射線の影響で、祖父母は今、私たちの町に避難している。あんなにきれいだった海は、真っ黒な恐ろしい塊となって人々の幸せな生活を破壊した。たくさんの方々の命を奪った。まだ見つからない方をさがす報道を聞く度に、今も胸が苦しくなる。海は、多くの人々の悲しみが詰まった場所になってしまった。

中学生になり、学校で学んだ海。海は生命を生み出した源。太陽の力で循環し、水の恵みを生み出すもの。水が存在することで、わたしたちの生活は豊かなものになっている。水産物等の恵みを与えるもの。大航海時代など、歴史的な発展のきっかけになったもの。海を渡ることで、人々はたくさんの発見をし、たくさんの交流が生まれた。海は、人間の豊かなくらしを支えてきた欠かせない存在である。

震災は、辛いものだった。だが今、その震災をただの辛い経験で終わらせてはいけないと思う。震災が教えてくれたこと。津波の怖さ、人間のおごり。これらを未来に語り継いでいくことが私たちの責務だ。同時に富岡の海の美しさも伝えていきたい。

思い出と教訓を未来へ。

海と共に繁栄してきた人類。私たちが、これからも海と共存していけるように。

阿部　円香（まどか）（桑折町立醸芳中学校３年）

特別賞・うみまる福島賞

未来へつなぐ水

東日本大震災が起きたあの時、小学1年生だった私は、学校から帰宅し書道教室にいた。母が迎えに来て震えながら家に戻り、書道で汚れた手を洗おうと蛇口をひねると水が出ない。大きな地震の被害で水が止まってしまったのだった。

飲み水はもちろん料理にしても水がなくては困る。手洗い、洗濯、トイレ、お風呂、生活になくてはならない水。数日間、長い行列に並んで給水車から分けてもらった水を大事に大事に使っていたことが記憶に残っている。

水のありがたさを痛感し、大切にしようと意識していた日々が、震災からの歳月と復興と共にその感覚が薄らいでいった。今また蛇口をひねれば当たり前に出る感覚に戻ってしまった自分に気づかされる出来事があった。

この夏休み、私はオーストラリアでホームステイを経験した。ホームステイ初日、夕食後に団らんをしているとホストマザーが驚くような発言をしてきた。

「シャワーは4分ね」

と私に砂時計を渡してきた。普段40分近く入浴している私は言葉も出なかった。たった4分では髪を洗うことも出来ない。まして砂時計で時間を計るその徹底さに、よほどの節約家なのだと思った。いざ浴室に行くと、バスタブはあるものの衣類を入れてあった。浴槽としては何年も使っていないようだった。大量の水を使わないようにするためなのだとすぐに分かった。

翌日、私はホストスクールのバディやその友人に家でのシャワータイムを聞いてみるとみな口々に

「3分から4分よ」

と答えた。オーストラリアでは以前ひどい水不足が起こり、国の取り組みの一つとして給水制限が設けられているそうだ。コアラやカンガルーがすむ自然豊かな国。実際に街並を見ても、緑があふれ海や川に囲まれた自然の多い環境だった。水不足とは無関係に思えた。

日本に戻り私は真っ先にパソコンの前に座った。

オーストラリアの水事情を知りたいと思ったからだ。「本土の18パーセントが砂漠でできている」ということ「低降水量、高温の砂漠気候といわれる地域が広く存在している」ということの2つが水不足を起こす原因と分かった。それが、経済と生活に深刻な影響を与えているということなのだ。その打開策の1つが給水制限だった。「湯水のごとく」という言葉があるように無限にあると思いこんでしまうが、そうではないことを改めて考える機会になった。

水は世界で分け合う必要不可欠な資源の1つなのだ。

私達に出来ることは水を出しっぱなしにしないことやお風呂の残り湯を洗たくに使うなど、小さなことだが行動を起こすことだと思う。感謝の気持ちを忘れず大切な水を未来へつないでいきたい。

遠藤　万瞳子(まみこ)（福島市立北信中学校2年）
福島県選考委員長賞

水の大切さ

人間にとって、水はなくてはならないものであり、人の体も7割は水で構成されています。そのため、私達は水なしで生命を維持する事はできません。しかし、私達はその水の大切さをつい忘れがちです。水を飲みたくとも、体を洗いたくとも、水がなければ何もできないのに、普段はその事を忘れてしまっています。私が水の大切さについて強く感じるようになったのは、今から約6年前に起こった東日本大震災の時です。当時の被害により福島市の断水戸数は十一万一千七百七十九戸にも及びました。私の家でも断水状態になり、「安全と水はタダ」と思っていただけに私のこの時のショックはとても大きいものでした。国内で外食すれば、サービスとして必ずコップに入った冷水が出てきますが、これだって当たり前の事ではありません。海外では、水は飲み物として別で頼まなくてはならないのです。水が貴重な地域ではミネラルウォーターが他の飲み物より高いこともあります。更に言えば、水が支えているのは人間だけではありません。他の動物や植物も生物である以上水が必要なのです。中近東のUAEでは、砂漠の地に外から水のパイプを引いて、緑の空間を作っていると聞きます。水がない砂漠に生きる彼らにとって、緑があるということはとてもぜい沢な事なのです。普段何気なく享受している自然も水の恩恵である事を私たちは忘れてはならないと思います。しかし、その大切な水も時には人の命を奪うことがあります。東日本大震災の時、津波による被害が大規模に及び数多くの命が失われました。また、川の洪水や氾濫、海での水死事故が後を絶えません。このような被害や災害があったとしても、私たちは水を求めます。それは水がない生活が考えられないからだと私は思います。

水の恩恵を受けている一方で、水質汚濁が問題となっています。地球の水は、海の水や南極や北極の氷など、いろいろな姿をしています。私たちが使うことができるのは、川や湖の水、地下水です。しかし、この水は地球上のすべての水のうちたった2・5％しかありません。ところが、川や湖、海では水質汚濁が進んでいます。水質汚濁の原因の60％が、家庭から出ている生活排水なのです。現在は、人口の増加や生活水準の向上により、私たちが炊事、洗濯など、毎日の生活の中で出す生活排水が増加し、この生活排水が川や海を汚している大きな原因となっています。

水質汚濁の原因は、私たちの生活にあるのです。しかし、私たち自身は水質汚濁に対して、理解している人が少ないのが現状だと思います。水質汚染防止のためにできることはいろいろあります。例えば合成洗剤など、川や海を汚染するものを利用しないことも大切なことです。これからの私たちの未来のために小さな事でもいい、ひとりひとりが協力して始めることが一番大切なことだと私は思いました。

滝本　望深（のぞみ）（二本松市立安達中学校３年）
二本松市教育長賞

九州豪雨

水は、時に、人々を助け、人々を笑顔にし、時に、人々を襲い、人々を泣かせる。

２０１７年７月５日、九州北部を記録的な豪雨が襲った。行方不明者と死者は、数10名にもなるそうだ。あの日、福島に住む私たちには、豪雨の被害がなかった。しかし、７月６日の朝、ニュースや新聞を見たら、福岡県や大分県の集落が土砂で埋まっている光景があった。写真や映像だけでも、被害の大きさが分かるほど、酷かった。また、次の日のニュースには、避難所に避難し、そこで一夜を過ごした人が映っていた。その人は、

「避難所ではよく眠れないし、移動も続いていて、もう耐えられない。」

と言っていた。私も、東日本大震災の際に、避難所にいた経験があったので、その言葉がよくわかった。いつ帰れるか、今、家はどうなってしまっているのだろうか。不安でいっぱいだったことをよく覚えている。

日本は、ここ10年間で多くの災害があった。それに、その災害でたくさんの方々が亡くなった。例えば、２０１１年の東日本大震災。この地震で津波が起き、沿岸の家やビルなどの建物や田畑はすべて流されてしまい、たくさんの命が落ちてしまった。いつも海水浴をしていた海がたくさんの命をうばった。それは、まるで裏切られたかのような気分だった。

また、今年の九州豪雨。土砂崩れや川の氾濫で多くの人が命を落とし、苦しみ、悲しんだ。被害にあった方は、皆つらい思いをしたと思う。

水が、人にあたえる影響は、良いことも悪いことも、とても大きなものだと思う。家族で海に行った思い出も学校のプールの授業も楽しくて、意味のあることかもしれない。しかし、少し地震があるだけで、少し多く雨が降っただけで、水のもつ力は大きなものになり、人を殺すものにもなり得る。水は恐ろしいものでもあるが、私たちにとってはなくては

ならない資源でもある。だから、私たちに必要なことは、水と上手く共存するために、工夫をし、実際に行動することだと思う。災害への対策をすると同時に、海や湖をきれいにすることが、水と私たち人間が上手く共存できる最低条件であり、水を大切にし、未来に残すことが私たち現代人の努めだと思う。

阿部　浩也（大熊町立大熊中学校３年）
大熊町教育長賞

海からのメッセージ

「ドボーン！」

ぼくは恐る恐る目を開けてみた。そこは青黒くてとても広い世界だった。そして、ぼくは一瞬パニックになった。急いで水面に顔を出し、お父さんを探した。お父さんは笑顔でぼくに「こっちだよ」と手を振ってくれた。ぼくはホッとして、でも全速力でお父さんのいる場所まで泳いで行った。

初めてのシュノーケリングで、ぼくはとてもワクワクしていた。インストラクターさんからレクチャーを受け、足ジャンケンのチョキのような足をして海へドボーン！　大型のバンカーボートは水深の深い場所で停まるからだ。ぼく達は足にフィンを付け、ライフジャケットを着ている。まるで魚になった気分でスイスイ泳ぎ、あっという間に絶好のポイントに到着した。セブ島の海はエメラルドグリーンで透明度が高い。ぼくはそっと海の中をのぞいてみた。太陽の光がキラキラと差し込んでいる。黄色、白、青、オレンジ色などカラフルな魚達が、サンゴの上を楽しそうに泳いでいる。ぼくが水族館のガラス越しに見ていた魚達の世界とは全く異なり、目の前にある光景は、神秘的な世界でとても感動した。夢のような時間はあっという間に終わり、バンカーボートへ向かった。ぼくはボートに乗る前にもう一度、海の中をのぞいてみた。やっぱり青黒い世界が広がっている。海底など見えない。どれだけ深いのだろう。その時、大きな大きな魚が、ぼくの足の二メートルほど下を泳いで行った。ぼく達を怖がりもせず、のんびりと優雅に泳いで行ったのだ。「この海にいる魚達は、なぜ人間を怖がらないのだろう」ぼくは考えた。セブの海では、人間と自然と生物が共存しているのだろう。自然の中で生かされていることを大切に考えているのだろう。

　では、ぼく達の生活はどうなのか？

　日本は周囲を海に囲まれ、海からの豊かな贈り物をたくさんいただいている。しかし、地球温暖化による海への影響が問題になっていると、ニュースで見たことがあった。そこでぼくは、サンゴと地球温暖化について調べてみることにした。環境汚染や水温、水質の変化が原因で、サンゴの白化現象が見られるようになった。日本では沖縄の石垣島や世界遺産にも登録されているオーストラリアのグレートバリアリーフ、その他多くの国で白化が発見されていた。これは海の生態系が急速にバランスを崩し始めているからだ。サンゴは酸素を作り、海の生き物を育む役割もある。海は生命の母とも言われている。地球上のあらゆる生命体が暮らしていくためにも、サンゴが生き残れる環境を守っていかなければいけない。

　たくさんの恵みを与えてくれる海と共存できるように、自然との向き合い方について考えていきたい。そして今のぼくにできることは、まずは身近にある省エネから取り組んでいきたいと思った。

佐藤　祐暉（ゆうき）（福島市立福島第四中学校1年）

アポロ環境賞

地球の涙

降り続く、雨、雨、雨――。私は今、タイに来ている。西海岸はモンスーンの影響で雨季にあたるのだが、雨季といっても時折スコールがざあっとあるぐらいのはずなのに、毎日ずっと降り続くのは珍しい。何度かタイには来ているが、こんなに雨にたたられたのは初めてだ。

タイのビーチには、13年前には無かった物があちこちで見られる。「ＴＳＵＮＡＭＩ」の看板だ。避難経路や注意喚起を示した物もある。２００４年のスマトラ島沖地震の大津波は、現地の人だけでなく、たくさんの観光客をも飲み込んだ。日本人もいた。これ程の甚大な犠牲者を出してしまったのは、当時、現地の防災に対する意識が低かったからだと言われている。現在では、東南アジア各国のビーチで、津波注意の看板を目にすることができる。

では、日本はどうか。日本は環太平洋造山帯に属し、昔から地震や津波の危険に脅かされてきた。「稲むらの火」でも語り継がれているように、「大地震の後には大津波が来る」と、頭ではみんな分かっている。それなのに、あの２０１１年の東日本大震災ではどうだったのか。おびただしい犠牲者を出したではないか。

震災後のニュースの中で、度々、「想定外」という言葉を聞いた。確かにあれ程の規模の津波が押し寄せてくるとは、「想定外」だっただろう。しかし、そんな言葉で済まされるような被害ではなかった。想定外の揺れ、想定外の津波、そして想定外の原発事故――。人間の甘さ、おごりが露呈されたようだった。

あれから六年が経ち、口では「復興」と言っても、すでに過去の出来事となりつつあるような気がする。災いは忘れた頃にやって来ると言うが、人類が都合の悪い事には目をつぶり、自己中心的な行動を繰り返す時。自然はまた牙をむくのかもしれない。某国の大統領は、地球温暖化を防ぐ取り組みから脱退すると宣言した。これは世界にとって危機的な発言だ。

ノアの方舟も、そう遠くない未来に起こってしまうのではないだろうか。

　東京などでは、この夏、毎日のようにゲリラ豪雨に襲われている。ゲリラ豪雨は、地面の粉じんが舞い上がって上空で雲と結び付き、発生しやすくなるらしい。つまり、環境汚染された地域ほど、ゲリラ豪雨が起きやすいということになる。それでいて、水がめであるダム周辺では水不足が深刻となっている。人間をあざ笑うかのように。

　今日も雨が降っている。タイも、日本も、世界各地で異常気象だ。やはりこれは神からの警告なのだろうか。

　今日も地球が泣いている。

馬目（まのめ）　聖史（さとし）（いわき市立泉中学校３年）
弘済会福島支部長賞

２０１８年

僕と風呂

「ザブン」

と今日も僕は風呂に入る。風呂に入りながら、いつも僕は考えごとをする。今読んでいる本の結末はどうなるのか、学校で学んだこと、友達と話したこと、その日に心が動かされたこと…。風呂は僕にとって、自分の心をふり返り、リラックスをする場所だ。

　今は、こんなにリラックスできる場所だが、風呂に一人で入り始めた小学生の頃、風呂は肝試しの場所だった。髪を洗っている時は、鏡に幽霊が映っていたらどうしようと常に恐怖と向き合っていた。おびえながらタオルで顔をふき、何もいないと分かるまで、心臓がばくばくしていたことを思い出す。

もっと小さい頃、風呂は最高の遊び場だった。魚のおもちゃを泳がせ、つり遊びをした風呂が大きな海になり、港になり、僕は、最高の一本釣り師だった。風呂は、僕の想像を広げる場所だった。いろいろな物語や僕だけが知るキャラクターが生まれた。

風呂は、修行の場所でもあった。僕は、ずっともぐることができなかったので、小学一年生の水泳記録会は、ビート板にしがみつき、みんなからかなり遅れて、バタ足で何とかゴールにたどりついた。その日から、風呂にもぐる修行が始まった。この修行は、辛かった。プールの授業がある時は、真剣に修行に取り組んだが、冬になると修行を忘れることすらあり、この修行には、三年の月日が流れた。修行のかいなく、結局僕は、スイミングスクールに通わせられることになり、この修行の何倍も早く、長い距離を泳ぐことができるようになった。

風呂が実験室になったこともある。小学一年生の夏の自由研究は、牛乳パックで作った船を速く長く進ませるにはどうしたらよいかを実験した。ストップウォッチで時間を計り、スクリューにつけたゴムの巻き方を変えたり、ゴムの数を変えたりと、風呂にこもって科学者のように実験した。この実験は、地区の理科作品展で最優秀賞となる快挙を成しとげた。こんなにいい賞は、この時だけだったが、おかげで僕は、理科の自由研究が好きになり、夏が来る度に、理科の自由研究に取り組んだ。僕の科学の原点は、風呂にある。

おぼれたり、こけたり、頭をぶつけたり、シャワーが思い切り顔にかかってきたり、つらい時に涙が出てきて、風呂から上がる時に必死に顔を洗ってごまかしたり…。風呂での悲しい思い出もある。しかし、風呂から上がると、湯気と一緒に悲しさもとんでいってしまう気がする。僕は、風呂に助けられ、風呂と共に成長してきた。

去年の冬は、風呂の給湯器が壊れた。家族みんなをいやす風呂も時々、機嫌が悪かったり、疲れたりするのだろう。

「ザブーン!!」

今日も僕は風呂に入る。昨日より成長した自分を感じながら。

屋久島の水

阿部　豊（桑折町立醸芳中学校１年）
準ざぶん大賞

この夏、僕は鹿児島県の屋久島に行きました。屋久島は周囲百三十キロメートルの円形の島で、島の九十パーセント以上は森林です。高い山が幾つもある美しい島で、世界自然遺産に登録されています。

僕は、横河渓谷という美しい川で「沢登り」を体験しました。まず水着の上からライフジャケットとヘルメットを装着し、足がすべらないように沢足袋を履きました。ガイドさんの案内で川に入ってみると、水が透き通って緑色に光っていました。暑い日でしたが、水はひんやりと冷たく、山の上から流れてきている水なのだと思いました。一時間半ほど岩の上や川の中を歩いて上流にたどり着くと、深い森の中、大きな岩の間に川が広く深くなっている場所があり、岩の上から川に飛び込んで遊びました。川の奥深くまで入っていくような不思議な感覚で、とても気持ちが良かったです。

また、蛇ノ口滝という山の中にある滝を目指して山登りをしました。森の中は涼しく湿っていて、見渡す限りあざやかな緑色の苔が岩を覆っていました。途中で何度も沢の水を飲みながら、約三時間歩いて滝にたどり着きました。目の前に迫る大きな岩を何十本もの細かい滝が流れていてとてもきれいでした。

屋久島は海も美しくて、たくさんの魚がいます。永田いなか浜は、アカウミガメの産卵地で、ウミガメの卵を保護して、ふ化した子ガメを海に返す取り組みをしています。

屋久島はなぜこんなに自然が豊かなのでしょうか。「屋久島は月のうち三十五日は雨」といわれる程、雨が多い島です。これは、周りの海から上がった水蒸気が、山にぶつかり雲海となって雨を降らせるためです。屋久島は千メートル以上の山が四十五もあるため、雨雲ができやすいのです。屋久島は約一万四千年前に花崗岩が隆起して出現した島です。岩でできているので、雨水は土に吸収されることなく、約百四十ある川や谷を下ります。そして、森を美しくうるおした水は、海に戻ります。そしてまた水蒸気となり、雨を降らせるのです。屋久島といえば何千年も生きている縄文杉が有名ですが、なぜ何千年も生きられるのかというと、栄養分の少ない花崗岩の上でゆっくり成長することと、雨が多い環境で樹脂を多く蓄え、木が腐りにくくなるためです。雨が杉の寿命を延ばしているのです。

屋久島の自然は、僕に水の大切さを教えてくれました。水は僕たちが生きていくためには欠かせないものです。僕たち人間の身体も三分の二以上は水分でできています。水はとても大切ですが、日常生活の中では、水の大切さを忘れてしまいがちです。自然も人間も水無しでは生きていけません。人間が汚さなければ、水はとても美しいものです。僕は屋久島で学んだことをきっかけに、水と環境保護に関心を持ち、自分にできることをしていきたいです。

星 孝志郎（郡山ザベリオ学園中学校1年）

ざぶん環境賞

井戸水と水道水

僕の家の、キッチンには、蛇口が二つある。一つは、すりかみ川浄水場から来ている水道水が出る。もう一つは、家の前にある井戸から汲み上げている、井戸水が出る。今、僕の家で主に使っているのは、井戸水だ。飲料水だけでなく、風呂や洗濯なども井戸水を使っている。二十年ぐらい前に、父が昔ながらの井戸水から水道水に切り替えようとしたが、祖父が反対して、昔ながらの井戸水を使うように新築した。そのおかげで、水道代がとてもお得で、東日本大震災の時も、水道水は止まってしまったが、井戸水は使えたので助かった。また、僕は、水道水よりも井戸水の方がおいしいと感じている。井戸水の方が冷たいし、余計な味がほとんどしないからだ。

しかし、この夏、祖父が電気温水器を買い代える際に、水道工事もして、主に水道水を使うように切り替えると決めた。僕は、反対だった。水道水は、水道代が高いし、もしもの時、地震などで止まりやすい。井戸水とは、違い余計な味がする。しかし、祖父が言うには、井戸水はいつ枯れるか分からないし、僕の家の周りは、放射能が高く、近くのモニタリングポストは〇・三マイクロシーベルト毎時ぐらいを示しているので、将来的にも水道水の方が安心との事だった。僕は、少し納得したが、やはり疑問が残った。せっかくの自然の恵みを、享受出来る環境にあるのに、活用しないのは、宝の持ち腐れだと思うし、井戸水が近い将来、枯れるという、絶対的な根拠はない。放射線に関しては、インターネットで調べたところ、放射線が井戸水に影響する事は、ほとんど無いと分かった。

しかし、もう決まってしまった。祖父は、水道水よりも、井戸水が好きだと思っていた。そんな祖父に、聞いてみると、

「そう言われてみるとなぁ。まぁ、心境だ。心境の変化だ」

と、笑いながら言っていた。確かに、時代の流れは、

そうなのかもしれない。近所の家でも、新築の時に、井戸水から水道水に、変える家が多いという。そして、使わなくなった井戸はすぐに枯れて、使えなくなったそうだ。

僕は、今まで当たり前のように使っていた水について考える事が出来た。井戸水は、自然が豊かでないと得る事が出来ない、自然の恵みだった事。井戸水に放射線が影響する事はほとんど無いが、放射線の風評は、祖父の心境を変化させた。

僕は、これからは、自然豊かな土地だからこその恵みの井戸水を大切にして、家族に呼びかけて井戸水を大切にしてもらう。そして節水に気を付けて、限りある資源を守っていきたい。そして、僕が年老いても、きれいな水が当たり前のようにどこでも使えるようになってほしい。

本田　朋久（福島市立松陵中学校１年）
特別賞・玉ざぶん賞

水を守る大事な心

私の祖父は、定年退職後、いろいろなボランティアをしています。中でも「右近清水と桜を守る会」は、私が最も分かりやすい活動だと思います。

祖父は、会員の仲間達と協力して農業用水を確保するための大きなため池の周りの山を地主さんより無料で借り、草刈り等をして、そこへ桜の木を植えています。その近くには、右近清水というきれいな清水が湧き出ていて多くの人が水をくみに来ます。名水百選にも登録されたこの清水をいつまでもきれいなまま利用できるように整備をしようと立ち上がったのが祖父達の仲間だったようです。

みんなでお金を出し合い、相談して桜の木を買ったり、セメントを買いみんなの力で駐車場を作ったりとなかなか大変だったそうですが、知恵と汗、陰ながら協力してくれた人がいたため、今では春になると池の周り一面に桜の花が咲きとてもきれいです。遠くからも桜を見に来る人がたくさん増え、桜の名所になったそうです。そうなるまでにとても長い期間がかかったと聞きました。

しかし、なぜ知恵や労力、さらにはお金まで出してそういう活動をしているのか。私には理解できない部分があったので祖父に聞いてみると、

「今、世界中できれいな良質の水が飲めないために年間五十万人もの人が病気になったり、亡くなったりしているんだよ。だから、水は生きるためにとても大切なんだよ」

と教えてくれました。私達が住んでいる国は、蛇口をひねると水が出てくるのが当たり前のように思って生活しているけれどもそれはとても幸せな事だと改めて思いました。高い山に降った雪や雨が山肌にしみ、木々を育て土や岩石の間を通ってろ過され、池や川へ、やがて大きな海へ注ぐ。その途中で稲や野菜、川魚を育ててくれたり、海ではいろいろな種類の魚など自然の恵みをいっぱい与えてくれる水、こんなに役に立っているなど余り深く考えたこともなく生活用水として必要だからくらいしか思っていませんでした。

しかし、私の祖父達は、水の重要性を良く理解しているためか山に桜の木等を植え、昔から流れている清水を更にきれいに利用できるようにしたりして子孫にこの環境と水を残そうと頑張っているようです。

太古の昔から流れる透明で透きとおった何のくせもない水、多くの源ともなっている水。神社等では御神水として奉っていたり、水の神様である水神社が地域の中にあったりと、水を守る習慣が私達の身近な生活の中には、見受けられます。それほど水は大切なものなのです。けれどもそれを甘く見て、木を切りすぎたり、土を取りすぎたり環境を破壊をすると、恐ろしい水害というかたちで、私達を苦しめるようです。

だから、私の祖父達の活動は、環境や水を守り、次の代へとつなげるすばらしい行動なんだなと思いました。

小針　愛香（鏡石町立鏡石中学校３年）
特別賞

古里の井戸

人は昔から井戸を掘り、水を得て生活してきました。地下から水をくみ上げるために使用されていますが、中には特別な井戸が存在します。

私の古里、飯舘村には作見の井戸というものがあります。作見の井戸は、その水位からその年の作物が豊作か凶作かを占うことができます。

この井戸は、今から約３４０年以上前に設置され、１９０年間使用されました。その後、寒の季節の水量でその年の稲作の状況を予知できることが知られるようになり、１７８０年頃に作見の井戸と呼ばれるようになりました。現在でも寒の季節になると多くの人が井戸の水位を見に来ます。

作物の豊凶の占いは、寒の季節に井戸の水位を測定し、水位が2・25メートルで平年並み、２・２メートルより深いと不作、２・３メートルより浅いと良作と判断します。満水の時は大豊作になると言われています。

私は幼い頃、祖父に連れられて作見の井戸へ行ったことがあります。井戸の中は石組みになっていて、とても歴史があるということを感じました。当時も多くの人が井戸の水位を見に来ていたことを今でも覚えています。

作見の井戸は地域の人にとってとても大切なものであり、地域の誇りなのだと思います。３００年以上の歴史があるこの井戸は、稲作をする人に無くてはならない存在であり、後世に伝えていくべきものだと私は考えます。

２０１１年の東日本大震災とそれに伴う原発事後という大変な事態によって飯舘村は計画的避難区域に指定され、農業ができる環境では無くなりました。それでも、作見の井戸を見放したりはせず、守り続けたことがすごいと思います。最近は稲作もできるようになり、作見の井戸を訪れる人も多くなってきました。村内だけでなく、村外からも多くの人が訪れるようになったと聞きます。作見の井戸が復興の役に立つということはすばらしいことだと思います。

　私は避難指示が解除されてから作見の井戸へ行くことができていませんが、また作見の井戸へ行くことができたら良いと思います。

　作物の豊凶を占うことができる井戸も、水をくみ上げる井戸も、どちらも人々の役に立ち生活に欠かせないものです。井戸は様々な面で私たち人間と関わっているということをとても感じました。

　今は水道に変わってきてしまっていますが、井戸はすごいものだと改めて思いました。

荒　裕翔（ひろと）（福島市立第一中学校３年）
福島県選考委員長賞

宝石の沼

　大自然の緑とは、また一味違う毘沙門沼。水の中に緑が広がっている。まるで、宝石のエメラルドのようだ。

　坂を駆け下りて、木々の根を飛び越え、沼縁に立った。先程から少し雨が降ったからか、草や土のにおいを強く感じた。後から父と母がゆっくりと下りてきた。ふと横を見ると、ボートがずらりと並んでいる。少しくすんだ白と青のそれらは、この宝石のパレットには、少し不釣り合いだ。ただ、乗ってみたくて上目遣いで母を見た。初めはきょとんとしていたが、私の背後のボートを見て、「いいよ」と笑ってくれた。父も笑って「二人で乗ってきな」と私達の背中を押した。

　ボートはゆらゆらと体を横に動かし、私達を困らせた。それから二人でゆっくり漕いだ。父は遠くからビデオカメラで私達を追っている。漕ぐたびにエメラルドの宝石は、すっと切れ目を作り、ボートをすべりこませると、波紋となってまた静かな宝石へと戻っていく。指先をちょんと水面に触れると、とても冷たかった。今度は両手ですくってみると、エメラルドは透明になっていった。何だか悪いことをしてしまった気がして、あわてて手を引っ込めると、ぴしゃっという音を出してエメラルドに戻っていった。だが、中には私にはねてくる宝石もいて、顔をしかめていたら、母に笑われてしまった。しばらくして漕いでいると、宝石の中を動く大きな影を見つけた。それは白い鯉だった。あんなに大きな鯉を見たのは初めてかもしれない。鯉は、私達のボートの周りを優雅に泳いで消えていった。「大きかったね」と母に話すと、「沼の主かもね」と返ってきた。あの鯉が主なのだとしたら、きっとエメラルドでできた宝石を守っているのだろう。そうなると、私達は沼への侵入者となるのだろうか。だとしたら、主は私達の様子を見て、悪さをしていないか偵察に来ていたのかもしれない。そんなことを考えにこにこしていたら、母につつかれ、「休んでないで漕いでよ」と言われてしまった。改めて周りを見渡してみると、ここは自然が豊かで空気がおいしい。その中でもやはり、この沼がとりわけ美しいと思う。一面がエメラルドに輝いていて、光と影のコントラストが少しずつ違うのも、これまた幻想的だ。先ほどまで雲がかかっていたところも晴れてきて、はっきりと磐梯山が見えるようになった。私が「きれいだね」というと母は「そうだね」とほほ笑んだ。

こんな穏やかな時間がもっと続けばよかったのだが、もう沼を一周してしまい、ボートを返さなければならなかった。私はそっと立ち上がって下りたつもりだったが、ボートは横にゆらゆらと動いてこちらを見ていた。私は、宝石の沼をしばらく見た後、父のところへ駆け寄った。「ボートは楽しかったかい」と話しかけられた。ふと、宝石の沼を見た。エメラルドの中で、沼の主がこちらをじっと見ていた。私はにこっと笑いかけた。

鈴木 美聡（福島市立福島第二中学校2年）

福島市教育長賞

水を考える

「朝ご飯だよ」の声で、朝食の席につく。「うまい」「甘味がある」「香りが違う」

「お父さんが炊いてくれたから違うのかな?」「炊飯器が変わったのかな?」

「米変えたの?」と僕は聞いてみた。

僕の質問に、父が笑顔で答えた。

「豪海忘れたのかい?」「昨日、どこに行ってきたんだっけ?」

あ、そうだ、昨日は会津若松の強清水で湧き水を汲んで来たのだ。今朝のご飯は、その水で炊いたご飯だったのだ。

こんなに、水で味が変わるなんて「目から鱗」だった。

冷蔵庫からペットボトルに汲んできた水を持って来て、飲んでみた。「キンキンに冷えていておいしい」それだけではない。「甘味もある」それに、「針葉樹のような、青臭い香りもする。」この香りは、その土地に生えている木々によっても違う。以前、伊達市の白根地区でも湧き水を飲ませてもらった事があった。

その山は、広葉樹の山だったので、青臭い香りより甘い香りの方が強かった。それも僕は好きだ。なんか、自然に囲まれているようで、幸せになる。

いつもは、やんちゃな僕ではあるが繊細な部分も持っていると思う。

父が言った。「豪海、世界中で水道水の飲める国はいくらあるかわかるかい?」

「13カ国しか無いんだよ。まして、地下水をそのまま飲める国なんて貴重なんだよ」「豪海は、幸せな国に生まれたから、ありがたさがわからず物を無駄にしているのではないですか?」そのときは、また始まったと思いその場を離れた。

後で考えると、以前に読んだ本のことを思い出した。題名は忘れてしまったが、地球温暖化により黄河の水が干上がっている内容だった。黄河に注ぐ川の水源となる山に、雪が降らない。雪ではなく雨が降る。そのため、すぐ流れてしまう。

本来ならば、1年かけてゆっくり溶け、水の葉のベットに守られ地下に潜り、長い年月をかけて地下水となり川に流れてくるのだろうが、雨の場合は、そのまま川に流れてしまうため、その時だけで、無くなってしまう。

雨の降らない時期には、水が無くなってしまう。おまけに、降る量も少なくなっているため、なおさらである。

近年僕の住んでいる地域での降水量は少ない。冬に降る雪の量も少ないが、雨の量も少ない。今年も、いろいろな地域で大洪水がおき、尊い命が無くなっていますが、僕たちの地域では、本当に雨が降らず、米や果物、農作物の生育に支障が出ています。

同じ国なのに、両極端な事が起きています。将来のことを考えると、とても不安になります。自分の所さえ災害が無ければ良いとは思わず、みんなでこの国を守っていきたいです。

管野　豪海（たけみ）（伊達市立梁川中学校２年）

伊達市教育長賞

誤解されたくらげの日常

ボクは　くらげ
日本の海に住んでいる　ボクですが
くらげなのに　毒がありません
いつもふつうに　過ごしていました
でもある日　絶望しました
人間たちに
全部のくらげに　毒があると
誤解されたのです

ボクは　くらげ
水族館にいるクラゲたちは
いつも　楽しそうです
でもボクらは
だれにも　見てもらえません
だから　そのかわり
海からは　毒がない　ボクたちが

ずっと　見ています
ボクは　くらげ
夏になると　海にも人が
たくさんです
でも、ボクたちの所には
人は　よって来ません
みんな　砂場や　海の家で
楽しそうにしていて
よって来るのは
海に投げ捨てられた
ゴミだけでした

海老根　琴音（大熊町立大熊中学校１年）
大熊町教育長賞

新地町三名水探訪

私の住んでいる町、新地町。鹿狼山のふもとにあるこの小さな町には、３つの名水「右近清水」「真弓清水」「いっぱい清水」が流れておりその中でも「いっぱい清水」は、私が母のお腹にいた頃、母が「健康に大きく育つように」とカルシウムが豊富な「いっぱい清水」の水を飲んでいたそうだ。

私たち人間が生きていくのに必要とする水。新地町で地元の人々ののどを潤す「３つの名水」について、実際に行ってみて調べた。

まずはじめに行ったのは、「右近清水」である。ここは、「平成の名水百選」にも選ばれたところだ。伊達正宗九男、伊達右近がこの名水の地を選び、移り住んだことから「右近清水」と呼ばれるようになったそうだ。さくらの木がたくさん植えてあり、春に来たらとてもきれいだろうなと感じた。また、地元の会により保全活動が行われていて、東屋が整備されていた。名水を守るためにたくさんの人々が関わっていることを知り、驚き、感心した。

次に訪れたのは、「真弓清水」だ。３つの中でも一番鹿狼山に近く、とてもすごい勢いで水が流れていた。水源の上を見ると、白鳥の像があり、本物と見間違えるほど精巧な作りだった。この清水は、地区の簡易水道用水として利用され、水質の良さから住民達に好まれるようになったそうだ。農作業の疲れや持病等の症状軽減に役立ったと知り、昔から人々に親しまれている名水なのだと思った。

最後に訪れたのは、冒頭でも触れた「いっぱい清水」だ。「いっぱい清水」の名前の由来は、あまりの美味しさに「もういっぱい！」と飲まれるからだそうだ（諸説あり）。また、この水を飲むと長生きできるという言い伝えもあり、「長寿の水」とも言われている。この水を飲んで長生きしている地域の人々や旅人がいたと思うと、何だかうれしくなった。

今回、新地三名水を巡って感じたことは、どの名水も地域の人と共に生存しているということだ。水は生きている。一番驚いたことは、３つの名水の全ての水を求めてやって来る人が絶えなかったことだ。人は、自然のエネルギーを吸収して生きている。だからこそ自然破壊で水を汚すようなことは、決してやってはいけないことだ。自然が壊れてしまっては、それこそ人は生きてはいけないだろう。

今回、全ての水を飲んでみて、どの水もとても飲みやすく、おいしかった。無味・無臭の水がこれほど美味しいとは驚いた。これからは、少しでも水がきれいになるように、普段の生活から少しずつ変えていこうと思う。お皿の汚れは、拭いてから洗う。薬品等の有害なものは、排水溝に流さない。お風呂の残り湯を洗濯用水に使うなど、節水に努める。そうすることで、私なりに、新地の名水を守っていくことができるのではないかと考えた。将来、何年先になっても、この美味しい水がなくならないように……。

大山　凜（新地町立尚英中学校３年）

新地町教育長賞

海は魔法の使い

海はなんであんなにきれいなんだろうか。波を打つ音、夕暮れの絶景、見ていると心が落ちつく。今までにあった考え事が全部波の音によって流されるように消えていく。海は輝いている。神々しい光を反射させながら元気よく波を打っている。

海を見ているとなぜか恋をしたくなる。なぜか知らないけど自分の心が「恋をしたい」と叫んでいる。どこかで思いっきり「すきだー!!」と言ってみたい。そしたら、心に残ったもやもやが全部吹き飛ぶ。

自分の余計な考えを真っ白にして新しい自分を探しに、そして見つけに行きたい。海はそんなことをしてくれる魔法使いなのだ。

自然の鳥の声ゆったりと吹く風。なぜこんなに自然を五感で感じると心が癒されるのだろうか。僕は不思議に思う。みんな悩む事があったら思いっきり海、地平線のかなたまで届くくらいの声で言えばいい。人はそうやって生きていく。泣きたいときは全力で泣けばいい。笑いたい時は心から笑えばいい。それが人間という物に与えられた使命だから。

人は、その使命を果たすために毎日を過ごしている。僕はいつか立派な大人になりたい。そんなちっぽけな夢を叶えたい。大きい背中を追ってきてほしい。人は、あこがれを持つべきだ。

必ずいつか努力は報われる。頑張った先には、達成感という喜びが待っている。どんなに辛くても辞めたくなっても諦めないで一歩一歩前を向いて歩き続ければ自分が目標にしていたゴールにいける。その先には未来の自分がいる。

ぼくは、今年受験生だ。一生懸命努力すれば、うれしい結果が待っているはずだ。僕は必ず志望校に受かって笑顔で高校生活をスタートさせる。自分が納得のいくようなことがきっとできるはず。もし不安があったら誰もいない豊かな場所で思う存分叫べばいい。笑えばいい。それが人としての生き方だ。

だからぼくが20才になったら海に行ってもっと叫

びたい。悩みをぶちまけたい。スッキリと気分が変わる。そしていつか夢の舞台に立てる。頑張った分だけ理想だった自分ができる。

そう思わせる海は不思議だ。なぜ叫びたくなるのだろう。なぜあんなにも引きつけられるのだろう。本当に海は不思議だ。

小橋　翔太
（葛尾村立葛尾中学校３年）
葛尾村教育長賞

幸運の亀と海嫌い

その日は家族４人で海に行った。去年の夏休み、始まったばかりの暑い日。お父さんの休みができたので、みんなで海に行こうと姉ちゃんがみんなを誘ったからだ。僕は行きたくなかったけど、姉ちゃんがとても楽しそうだったので何も言わなかった。

僕は水泳がとても苦手だ。というか、顔を水につけるのも少し嫌だ。小さい頃から温泉とか、お風呂も嫌いだった。走ったりボールを投げたりする方が得意だったから、余計に嫌だった。

僕は海についても、自分のテントの周りで砂いじりを１人でしていた。少し時間がたって、のどが渇いたので、飲み物を買いに海の家へ行った。

海の家に着き、少し周りを見回すと、みんな水着だった。これは普通のことで、ほとんどの人は海に泳ぎにくる。でも僕だけ普通の服で、なんだか変な気持ちになった。急いで飲み物を買って、テントへ向かった。

テントに戻る途中、段差の途中でひっくり返っている亀を見つけた。とても大変そうだったので、助けてあげた。亀は少し足を引きずるように海の方へ歩き出していった。少し亀を眺めていると、亀が少しこっちを見て止まった。それがなんだかお礼を言っているようでかわいらしかった。

テントに戻ると、家族が急いで荷物を片付けていた。理由を聞くと、これから大雨が降って、海が大荒れするらしい。

僕はさっきの亀が、海の方へ行ったのを思い出し、とても不安になった。気がつくと、僕の足は海の方へと向かっていた。

さっきまではテントだらけだったビーチも、数が減って海から遠かった僕のテントからも海が見えるようになった。大粒の雨が僕の顔にポツポツと当ってきた時に、波に流されてきた亀を見つけた。僕は急いで海から遠い所へ運ぼうと、亀をかかえた。ただ、僕は亀のことだけを考えていたから、後ろから来る波に気づかなかった。僕が逃げようとした時には、僕と亀は波に飲み込まれていた。

大きな声が聞こえる。お母さんだ。必死に聞きとろうとしていると、まぶしい白い光が当たった。そこで僕は、今自分が倒れていることに気がつき、体を起こした。周りを見回すと、家族と白衣を着た人たちが僕を見ていた。その時に、僕は自分が海で波に襲われたことを思い出した。姉ちゃんが息を切らしているから、姉ちゃんが運んでくれたのだろう。僕が何かを言おうとすると、家族が僕を抱きしめた。そのあとたくさん怒られた。

僕は、助かった次の日、姉ちゃんにどうしても聞きたかったことを聞いた。それは、亀の事だ。すると姉ちゃんは、奇妙なことを言った。小さい足跡が僕の周りに残っていたという。僕は、亀がきっと助かったと確信する一方で、もしかすると、亀は泳げない僕を運んでくれたのではないかとも思った。

僕は、もういちど亀と会いたくて、今年も海へ行く。

山口　寛人（福島市立渡利中学校３年）
弘済会福島支部長賞

2019年

私とひいおばあちゃん

私には、ひいおばあちゃんがいます。ひいおばあちゃんは90歳です。私との年の差はなんと77歳です。でも、90歳とは思えないくらい若くて元気で、毎日、楽しみのゲートボールや畑仕事をしています。一緒に住んでいませんが、近くに住んでいるため、時々泊りに行きます。

今年もついに始まった夏休み。長い夏休みの一番の楽しみもやはりひいおばあちゃんの家に泊まりに行くことです。ひいおばあちゃんの家での夏の楽しみといえば、畑で夏野菜を収穫しその場で新鮮な野菜をガブリと丸ごと食べることです。そして泊りに行くと、私とひいおばあちゃんは必ず一緒にお風呂に入ります。

ひいおばあちゃんの家は飯坂温泉にあるため、時々家のお風呂だけでなく飯坂温泉の共同浴場に行ったりもしています。大きなお風呂には、あふれるほどのお湯がはいっていて、私とひいおばあちゃんは、一緒にざぶーん！　と湯につかります。その瞬間はなんとも言えない至福で癒しの時間となるのです。

それから、私たちの長湯が始まります。お風呂に入りながら私たちはいつもたくさん色々な話をします。私の学校での出来事や友達の話はもちろん、ひいおばあちゃんのデイサービスでの出来事も話したります。私がバイキング給食の話をしたら、

「なんだいそれ？　ばあちゃんの子供の頃はなかったなあ」

と言い、興味津々に話を聞いてきます。

ひいおばあちゃんの子供の頃の話や若い頃の話も聞きます。子供の頃はお手玉や輪投げをして遊んでいたこと。若い頃は卓球をやっていたことなど、おもしろい話がどんどん出てきて話しているうちに私たちは大笑いに。

「大きな声で笑うのも健康にいいんだぞぃ」

と、また大笑いします。

そして、長湯をした最後は、２人で背中を流し合います。ひいおばあちゃんの背中を小さい頃から見ていると、最近はだんだん丸くなり、腰がまがってきたように思います。

その変わりゆく背中を見て、ひいおばあちゃんは若い頃働き者だったんだなぁ、と思いながらゆっくりとお湯をかけると、

「あぁ。うんと気持ちいいな」

と、言ってくれます。

私もひいおばあちゃんの日頃の疲れがとれるように優しく洗い流します。そして、私の背中を流してくれる時は、

「ばあちゃんまだまだ長生きして、つーちゃんの花嫁姿を見るまでは元気でいるよ」

と、言います。

「それ、いつも、聞いてるよ」

と、返すと、

「ばあちゃんの口癖なんだあ」

と言って、また笑います。

私とひいおばあちゃんを強い絆でつないでくれるお風呂の時間が、私にはとても大切な時間なのです。

佐藤　月華咲（つかさ）
（桑折町立醸芳中学校１年）
ざぶん大賞・福島県教育長賞

水の大切さ

僕は、今年の夏休みに、家族と足尾銅山に行きました。実際の鉱道をトロッコに乗って走行しました。鉱道に入った途端にひんやりして、涼しく感じました。鉱道の中を見学中、天井から水がたれてきたり、水たまりがあったりして歩きづらかったです。その後に、砂防ダムの近くにある足尾環境学習センターに行き、センターの方に、足尾銅山の歴史について話を伺ってきました。

足尾銅山は、明治初期から、栃木県と群馬県の渡良瀬川周辺で起きた、日本で初めての公害事件で有名です。銅山の開発により、排煙、鉱毒ガス、鉱毒水などの有害物質が周辺に影響をもたらしました。精錬場から出される水が川に流れ込み、下流の土地の田園では、稲が枯れてしまう被害が続出しました。銅を掘る時に地下水も一緒に掘り出されるため、不用な水を川に流して、その水には、有害物質が含まれていました。総距離1200キロメートルの鉱道を掘ったそうですが、それは東京から博多間の距離になるそうです。あの山一つの中に、それだけの鉱道があるなんて信じられませんでした。

閉山後も、水が湧き出すのはとまらず、現在も、汚染された水が出ています。だから銅山観光の鉱道の中も水たまりが多かったんだと思いました。「絶対に触らないで下さい」と書いてある水も展示されていて未だに汚染された水が湧き出していることにびっくりしました。銅山を埋めるのは現実的に難しいため、水を浄水場でろ過して、きれいにしてから、川に放出しているそうです。ろ過して、堆積した有害物質は、山の上の堆積場に運搬し、管理しているそうです。この作業は、永遠に終わることはないそうです。銅山観光で実際に見て、学習センターで話を伺った事で、よりくわしく知ることができました。

この一連の流れは、福島第一原発事故で、放射線で汚染された汚染水がどんどんたまっていく現状と似ていると思いました。生活を豊かにするために行ってきた行為によって、環境が汚染される状況になってしまいました。東日本大震災が無ければ、そのような状況にはなっていなかったかもしれないけれど、自然災害はどうしようもありません。

東京電力によると、汚染水をためるタンクが2022年の夏頃には、満水になる見通しだということです。核燃料を冷やし続けるための水や雨水、地下水が放射性物質に汚染されていて、汚染水が発生しています。汚染水に含まれている、セシウム、ストロンチリウムなどの放射性物質の大半は、装置で取り除けるが、トリチウムは残ってしまうそうです。

足尾銅山で汚染水をろ過している事が、原子炉が廃炉になるまで続く作業と重なって見えました。トリチウムも取り除ける技術が早く開発される事を願っています。

足尾銅山のように永遠に続く作業ではなく、いつか、きれいな水を海に戻せるようになってほしいです。

夢を泳ぐ

齋藤　有希（ともき）（福島市立福島第二中学校２年）
準ざぶん大賞

「シーラカンス（の気持ち）になってみろ」過酷な時代を生き延びて、子々孫々に繋いできた命。ここにきて、大ピンチを迎えている。いったいどこへ向かうのか。水の星、地球号。

古代魚シーラカンスを食べた夢を見た。もぞもぞと口の中がごみで溢れて、目が覚めた。多くの化石種によって存在が知られ、現生している種も、古生代デボン紀に広く出現し栄えたものと、形態的な差異は殆どみられない。そのシーラカンスの胃から、菓子袋が見つかった。これは夢ではない。海が、水が汚されているという、人間への警告に違いない。

水深60メートルの海で釣り上げられたプラスチックごみを食べた魚は、海洋汚染の深刻さを無言で訴えている。「俺ら魚の身にもなってみろ」と。現に、焼いて食べた魚の胃袋から、ビニール片のような物が出てきたことがある。食物連鎖の中に、海洋汚染のゴミ達が見え隠れしている。人間は、見て見ぬふりをしてきたつけがまわってきている。

生命の誕生、生物の進化の源の海。海の日に足を入れた日本海は気持ちよかったが「ざぶんざぶんと穏やかに白い波が打ち寄せる青い綺麗な海が、いつまでも続くと思うな、人間よ」と浜辺に打ち寄せられたごみが泣いていた。

人間が化石燃料を発見し、様々な形に加工する技

術を開発し、生活が便利で豊かになってから約１０
０年。地球誕生から何億年、何万年とゆっくりゆっくり育て、守り続けてきた地球環境を、ミサイルみたいな早さと規模で、破壊し始めていることに一刻も早く気付き、対策を講じなければならない。自然環境破壊による、気候変動が災害となって襲いかかってきている。近年の激甚水害もその一つだ。

　奇しくも、シーラカンスの生きていた頃と同時期の動植物性プランクトンが、海中深く沈み、その堆積が地層となり、加熱・加圧されて石油となったのに、あと30年もしないうちに世界中の魚の重さより、海中のプラスチックごみの方が多くなるという現実だ。

　先日、「横浜宣言２０１９」がＴＩＣＡＤ７で採択された。その中で、海洋プラスチックごみ、海洋汚染、ＩＵＵ漁業の削減、生物多様性の保全と持続可能な利用、綺麗な水と衛生、その差し迫った環境問題に対処する必要性を強調されている。まさに、今、全世界で対策に取り組まなければならないと明言している。待ったなし、赤い警告ランプがぐるぐると回っているのだ。数万年後の未来に、「胃の中にプラスチックごみの入ったシーラカンスの化石を発見」などとなったらこの時代を生きた私達の責任だ。申し訳ないでは済まされない。いや、歯止めがかからなければ、地球そのものが存在していないかもしれない。

　先進国のプラスチックごみを、送り返した国の勇気。自分にできることは何だろう。エコバッグを持ち、コンビニのスプーンやストローは使わず、マイ箸を携帯する。ごみの分別もきちんとしよう。このくらいなら私にもできる。海の命を守る為に、できる一歩を皆で踏みだそう。

鈴木　心渚（ここな）（会津若松市立第三中学校３年）
海上保安庁長官賞・うみまる福島賞

ホタルが照らす水の恵み

「ホタルがいるよ！」

と、夜、祖母から電話があった。

「どこにいるの？」

と聞くと、家の近くにある公園だった。生まれてからその公園でホタルを見たことのない僕は、信じられない気持ちで公園に走った。

そこで見た光景に、僕は言葉が出なかった。小さい頃、毎日のように遊んでいた公園の用水路の近くに、たくさんのホタルが飛び交っていた。その美しさに心をうばわれた。

「すごいでしょ！」

と、はしゃぐ祖母。祖母のこんな表情を見るのは初めてだ。しかし、はしゃいでいるのは祖母だけではない。

「あっ、ここにもいた！」

と、ホタルを追いかけている人。

「いやあ、子供の時以来ですよ」

「ホタルが戻ってくるとは、思いませんでしたねえ」

と、思い出を語り出す人。近所の人達の思い出を、ホタルの淡い光が、明るく照らしていた。

もともとこの用水路は、自然にできたものではない。江戸時代の初めに上杉米沢藩が作った、西根堰と呼ばれるものである。僕達の町には、阿武隈川という大きな川が流れているが、川より高い場所にある僕達の地区には、阿武隈川から水を引くことはできない。そこで、遠く離れた産が沢川の支流の摺上川から水を引いてきた。

４年生の時に、西根堰を取水口から見学したことがある。機械も測量技術もあまりない時代に、自然の川から水の恵みを受けようとした先人の知恵が、さまざまなところにちりばめられていて、感動した。

それから４００年以上たった今も、僕達の地区は、西根堰の水の恵みを受け、米、桃、リンゴと農業を発展させてきた。皇室に献上桃を贈っているのも、王林というリンゴの発祥地も僕達の町である。

それなのに、この半世紀、僕達は便利な生活を手に入れるのと同時に、自然からの恩をあだで返すような生活を送ってしまった。川には、生活排水が流れた。

そこで、以前のようにホタルが飛び交う美しい川を取り戻そうと、僕達の町に、ホタル保存会が発足した。僕は小学生の頃、ホタル保存会の人と一緒に、ホタルの幼虫を放流したり、川の環境を守るための清掃活動をしたりしたことがある。清掃活動では、空き缶やペットボトル、たばこ、ゴミなどが散乱していた。ホタル保存会の人から、人間が壊した生態系を元に戻すことの必要性、今ある生態系に必要以上に手を加えてもいけない難しさなどを聞き、川の環境を守る責任を感じたことを思い出した。

みんなの「ホタルが飛び交う美しい川を取り戻そう」という意識の高まりが、再び僕の家の近くの公園にホタルを呼び出し、みんなに笑顔をくれた。ホタルの優しく淡い光が、僕達を正しい道に、力強く導いてくれたのだと思った。なつかしい水の流れを聞きながら。

震災と水と福島の海

阿部　豊（桑折町立醸芳中学校2年）
ざぶん環境賞・玉ざぶん賞

ぼくは、海が好きだ。夏には、毎年家族と海に出かけて、海の底にいる小魚を追いかけながら泳ぐのが好きだ。ヒトデやカニをつかまえたり、テトラポットまで全力で泳いだりするのは、とても楽しい。うきわでゆられて、ぼけっと青空をながめながら、海風を感じるのもすごく気持ちがいい。でも、これは、すべて新潟の海、つまり日本海での思い出だ。ぼくの住む福島の浜通りにも海があるが、福島にある海には行ったことがない。両親の話では、幼児のころに数回行ったことがあるらしいが、ぼくの記憶には全くない。あの震災以降、ぼくにとっての海はずっと太平洋ではなく日本海なのだ。

震災の時、ぼくは幼稚園の年中が終わるころで、その瞬間は父と家にいた。ゲームをしていた時にいきなり激しくゆれて、何が起こっているのか分からなかった。当時のことは記憶があいまいだが、飼っていた金魚の水槽の水が激しいゆれでこぼれ、金魚が死んだのは覚えている。仙台にいるいとこは、隣町まで津波が押し寄せ、電気も水道も使えなくなったので、震災の翌日には、郡山のぼくの家に避難してきた。幸いぼくの家は、電気も水道も大丈夫だったけれど、近所の友人の家は、水道が使えなくなり、ぼくの家に水をもらいに来た。近くの学校にも、水をもらいに人が集まって、長蛇の列を作っていた。あの震災で、ぼくは水の大切さを知った。

震災の後に原発の事故が起こり、飲み水を心配した両親はウォーターサーバーを購入した。小学校には、毎日水筒を持って行った。水道水は何となくおいしくないのでほとんど飲まなかった。震災から８年経過した今でも、その影響は残っている。家の庭には、除染土が埋まっているし、近々それを掘り起こして別の場所に運ぶための仮置き場が、近所の公園予定地にできた。

「犬の散歩コースを変えなくちゃ」

と、母が心配している。ぼくは、どうやばいのか今一つよく分からない。風評被害で、他県では、福島の農産物があまり売れないとか値段が安いとかいう話を聞く。きちんと検査をしているのだから、大丈夫だとぼくは思うが、県内に住む人でも、心配だという人は未だ少なくないようだ。実際、会津に住む祖母は、

「中通りの米は放射能が心配だから会津の米を食べろ」

とよく言う。検査をして安全だと言われていても、何となく不安なのだ。

先日、新聞で、南相馬市の海水浴場が９年ぶりの海開きをしたと報じられていた。震災の時に壊滅した海水浴場が、昨年から少しずつ復興を遂げている

というが、震災前と比べて来場者数は少ないらしい。ぼくは、その記事を読んですごく海に行きたくなった。同時に、ぼくにとっての海は、ずっと日本海だったと気づいた。

ぼくの住む福島の海。今度は、太平洋の海でおもいっきり泳いでみたい。

ただいま。ばあちゃん

小林 蓮（郡山市立日和田中学校2年）
ざぶん環境賞・うみまる福島賞

「また晴れか」

小声でぽつりと漏らしたその不満は、蝉の鳴き声でかき消される。そして、誰にも何にも届かず、消えていった。

夏休みが始まり、あっというまに2週間が過ぎた。今年の夏は、うんざりするほどの猛暑に見舞われ、雨が恋しいほどだった。

私は幼い頃から、晴れよりも雨の方が好きだった。雨の日は空から与えられた届け物のような気がして、雨の日は特別な気分になれた。それに、雨の日は祖母が家の坂の前で、傘を差して迎えに来てくれた。それが嬉しくて、いつしか朝目覚めると、天気は雨であってほしいと願うようになっていた。だから、基本的に降水量が少ない夏は、少し苦手だった。

ある日、あまりの暑さに食事も喉を通らず、勉強もろくに進まなかったため、気晴らしにと思い、散歩へ出かけた。その日はめずらしく肌寒さを感じたが、日盛の時間帯のため、やはりわずかながら暑さを感じた。少しでも涼しさを感じるようと、木陰が多く基本的に気温が低い公園で、スケッチでもしようかと思い立ち、スケッチブックと色えんぴつを用意して家を出た。少し曇りの空模様ではあったが、あまり心配しなかったため傘を持ってはいかなかった。公園は家から徒歩十分ほどの所にあり、少し長めの階段を上った先の町の景色は、とても綺麗だった。また、人の立ち入りがかなり少ないので、頂の景色を鑑賞できた。

スケッチを始めてから1時間ほど経った頃、スケッチブックに描いた町の風景の上に、ポツリと一滴の水滴が落ちてきた。そして頭上を見上げると、青空を隠しきるほどの雨雲が広がっていた。早く帰らなければ。そう思ったときには、もう遅かった。少し経つと町中に大きな雷鳴が響き渡り、大雨が降った。あっという間に、大きな水たまりがいくつも現れ、道を通る乗用車が、大きな水しぶきを上げ、通り過ぎていった。傘を持って来なかった私は、もうびしょ濡れだった。でもなぜか、傘を持ってこなかった事に後悔はしなかった。むしろ少しうれしかった。理由の一つは久しぶりの雨に、夏らしくない涼しさに囲まれ、快感だったこと。もう一つは、もしかしたら、もしかしたらと思い、あのことに少し期待していた。家から十分程度の公園だが、さらに早く家に着けるルートを使い、家へ向かった。家へ向かうその足は、運動会の短距離走並の全速力で家へと走っていた。水たまりに足がはまり、水しぶきをあげていた事も気付かず、ただひたすら走っていた。

家の坂の前に着くと、祖母が傘を差し、満面の笑みでこう言った

「おかえり」

今年一番のどしゃ降りの音に負けないよう私は、こう叫んだ。

「ただいま。ばあちゃん」

佐藤　めい（二本松市立二本松第一中学校1年）
特別賞

ピーマン畑から学んだこと

僕の母方の祖父母の家は、僕の住んでいる福島市から車で40分の三春町の実沢という所にある。祖父によると、「沢」が付く地名は水が豊かな土地だそうだ。確かに、家の近くにはたくさんの小川が流れていて、小さな水力発電所もある。水は近くの湧き水を近所の何軒かで井戸に溜めて共同で水道を管理している。僕の家の周りよりも、田んぼや畑が多く、森林が豊かで、涼しく、未だにエアコンがない。

今年の5月に、曾祖母が老衰で亡くなった。だから、今年のお盆は新盆だった。曾祖母の墓は祖父母の家の近くの山の上にある。僕は親戚達と新盆の墓参りをした。僕は拝みながら、曾祖母が、いつも畑でキュウリやトマトを取り、僕達が遊びに行った帰りにその野菜を渡す姿を心に思い浮かべた。

墓参りの帰りに、祖父と弟とで軽トラックに乗った。その道中、祖父は、横1メートル縦2メートルの貯水槽を苦笑いで見せてくれた。祖父は、

「どうだこれ。山から水をひいているんだ。この水は、家の水道の水と同じなんだぞ。だから飲めるんだよ」

弟はそれを聞いて手ですくって、うれしそうに飲んだ。僕も、弟につられて飲んだ。水は思っていた以上に冷たく、水本来の味がしておいしかった。乾いたのどをうるおした。がぶがぶとずっと飲んでいたいぐらいおいしかった。僕は祖父に、

「この水は、何のための水なの」

と、聞いた。祖父は、

「この水は、あそこにある畑のピーマンのための水だよ」

と、教えてくれた。

ピーマンは、三春町の特産品で、祖父母の家の近くには、出荷するためのピーマン畑が広がっている。祖父によると、今までは近くの川の水を畑にまいていたが、今年から川の水に何か入っていると困るので、川の水は、畑にまいてはいけないと、JAから指導されたそうだ。そのため、飲み水と同じ井戸水

の余り水を貯水槽にためているのだ。祖父は、

「川の水も同じできれいなんだけどな」

と、言っていた。僕は、この地域の川はきれいだから、貯水槽は必要ないと思うが、もしも汚い川の水が畑にまかれたら、野菜を安心して食べられなくなってしまうと思った。


　僕は、日常的に、野菜をスーパーや八百屋などで買っている。出荷している野菜は、厳しいチェックで店に並んでいて、そこまでいくのには、きれいな水や安全な肥料にも、気を付けて、農家の人が手間ひまをかけて、育てている。野菜だけではなく、肉や魚や卵など、全ての食べ物に水は必要不可欠だ。だから、川が汚れたり水が安全じゃなくなったら食べ物も安全じゃなくなる。祖父母の家の周りの豊かな自然や水環境が未来に残したい宝に感じられた。

本田　朋久（福島市立松陵中学校２年）
特別賞

祖父と僕と稲作

　夢を見た。懐かしい夢だった。

「豪海、じいちゃんとドライブ行こう」

　そう言うと、寝ている僕を抱きかかえ、祖父は車の助手席に乗せる。

　ドライブのコースはいつも決まっていた。水田の水見回りだ。行く順番も決まっていた。車を走らせながら、祖父は僕に言う。

「今日みたいに寒い日は、深水管理だ」

　又、別の日
「今日みたいに暑い日は、浅水管理だ」

「これ以上暑い日は、かけ流しにするんだ」

　意味もわからず僕は
「うん」

とうなずいていた。

　時には、水が流れていないと
「水、来てねぇなー」

と言い、水路をさかのぼる事もあった。祖父は何十年

もの間、そうやって米作りをしてきたのだろう。今思うと、祖父は根っからの稲作農家だった様な気がする。この年になって初めて、水田は、水量で地温を管理していたのだと理解できた。恐るべし「水の力」である。

「浅水管理」

気温よりも水温の方が低いので、水量を少なくすることで、稲苗に温かい空気を送り苗の成長を促す方法。

「深水管理」

気温が高いので、水量を多くすることで水温が上がりすぎず、稲苗が暑さのため枯れないようにする方法。

「かけ流し」

暑さのためどうしても、水温が上がってしまい、稲苗がダメージを受けてしまうので、水を動かし水温の上昇を抑え稲苗を守る方法。

僕たちは昨年・今年と猛暑日が続き、エアコン無しの生活は考えられない。暑さを我慢していた人たちが、熱中症にかかり、命を落としたりもしている。そんな中、暑さと戦い続け、稲穂を出し、秋には稲穂を実らせる稲はすごい。それを管理し続ける稲作農家の皆さんもすごい。

自然の力は、絶対です。逆らうことは出来ません。しかし、逆らわず、逆手に取ったり、よりそったりしながら農業を営む人の知恵はすばらしい。

僕の将来の選択肢に、稲作農家も入っている。僕に出来るだろうか?

現在は農業も「バイオ」の時代で、工場で野菜が出来る時代になってきています。近い将来、稲作も工場で行われるようになるかもしれない。それでも水だけは、必要不可欠だと思う。僕は、出来るなら太陽の光を沢山浴びた野菜や、米が食べたい。

「おじいちゃん、今は空の上から水の見回りしていますか?」

「もう少ししたら、僕が見回りするからね。安心してね。そして僕を見守ってね」

管野 豪海（伊達市立梁川中学校3年）

特別賞

まもりたいもの

13年間生きてきた私の故郷（ふるさと）は、この福島市です。水のきれいな荒川や、おいしい食べ物がたくさんあります。その中でも、福島を代表する桃「あかつき」は、甘味が強く、とてもジューシーなのが特徴で、私も大好きです。「あかつき」という名前は、福島市に３００年以上も受け継がれている「信夫山暁まいり」にちなんで付けられたそうです。

この福島で、私が一番好きな場所は、いつも泊まりに行っている祖父母の家です。そこは山の中の一軒家で、周りには広い田んぼや畑、サワガニやオニヤンマが行き来するきれいな小川があります。

祖父母の家から一番近い家までは、５００メートルも離れていて、道の両側から伸びた木が、ちょうどトンネルのように見えるので、「緑のトンネル」と私と家族は言っています。そのトンネルの先に、ポツンと祖父母の家があるのです。この自然に囲まれた隠れ家のような場所が私は大好きです。

そこには、毎年6月ぐらいになると、たくさんのホタルが飛び、夜空の星に負けないくらい輝いています。その光にはリズムがあって、ホタルの数が多いほど光は強くなっていき、まるで、私に迫ってくる波のようにも見えます。その光景を見るたびに、なぜか、東日本大震災を思い出します。

5歳だった私は、その時のことはあまり覚えていません。でもあれから8年経ち、中学2年生になった今、震災について書いてある記事や、当時の様子がどんなだったか、少しずつ理解できるようになりました。

あの時に失われてしまったたくさんの希望、見えないことへの不安、どうしたらいいのか分からずに悩んだ日々。そんな中でも、現実をしっかり見て、正しい知識を身につけ、助け合い、支え合いながら前向きに生きた人々がいました。だからこそ今、私達は穏やかに過ごせているのだと思います。

将来、もし自分に孫ができたら、私が今見ている美しい景色や、優しいホタルの光、風が運んでくる田んぼの匂い、そして祖父母がつくる秋にはやまぶき色に輝くおいしいお米。何もかも、きれいな水がなければつくれないものです。私自身が実際に感じていることをその子が同じように感じられるような未来であってほしいと思っています。

　私は、未来はやってくるものではなく、自分たちで創っていくものだと信じています。そのためには、今自分に出来ること、自分がやるべきことをよく考え、一つ一つこなして前に進んでいく必要があると思います。時には、挫折してしまうこともあるかもしれません。でも、あの震災を経験した私達ならきっと諦めないと思います。

　まずは、みんなで一歩ずつ踏み出すことから。私の故郷のおいしい水と美しい未来のために。

金子 亜美（福島市立信陵中学校 2年）
福島市教育長賞

水と生きる

　僕達が暮らすこの地球。何十億年も前に誕生して、今日この日まで様々な生き物と共に時代を乗り越えてきた。水は、地球そのものにとっても、地球上のあらゆる生き物にとっても必要なものだ。自然豊かなこの地球は、「水の惑星」の異名を持っている。膨大な量の水を蓄えていて美しい惑星だから、生物が誕生し、環境に応じた進化を遂げながら、地球上に存在し続けている。つまり、水がなければ僕達人類も誕生していなかったろうし、それは他の生物にとっても言えることなのかもしれない。

　人間にとって、水は文字通り生命の源になるものだ。人間は水分を摂らないと生きていけない人間の身体の約6割は水分でできていて、1日およそ2・5リットルの水が、身体を出入りしている。調べてみると、体内の水分の2パーセント失われると、のどが渇き、失われるにつれて症状が悪化していく。10

パーセント以上失われると、痙攣などが起きて命を落としてしまうこともあるそうだ。つまり、血液や様々な栄養だけでなく、水分を多保つことが、人間の命をつないでいくことになる。

また、水は人間だけでなく、植物にとっても大切な役割を果たしている。植物は、水があるから生長できる。水があるから光合成を行って、酸素を作り出し、そのおかげで動植物が生きていける。さらに、緑豊かな環境は、人々の心をいやしてくれたり、落ち着かせてくれたりして、穏やか生活を送るための重要な要素になる。つまり水は、植物を作りながら、人間のよりよい生活環境をも生み出している。

水の力は強大で、水力発電など、人間の生活を助けるものにもなるが、しかし、時には人間の命や自然、国そのものをおびやかす凶器にもなる。地震が原因で起こる津波。去年の七月頃に起こった西日本豪雨のような激しい雨。それによってもたらされる洪水被害。このような自然現象は、家などの建物が流されたり、命が奪われたり、一つの町ごと飲み込んでしまったりすることもある。また、温暖化が原因で起こる海面上昇も大きな問題である。南太平洋に浮かぶツバルという国は、標高が約５メートルしかない。ツバルは、海面上昇によって10年以内になくなってしまう危険性がある。水は、生きていくために絶対必要だ。だが一方で、様々な被害をもたらし、大切なものを破壊し、奪うものにもなり得ることを忘れてはならない。

だが、水を恐れて水のない生活を送ることは絶対にできない。水は、僕達の生活にも、地球に生きるあらゆる動植物の命にも欠かせないものだ。水を守ることは、人の生活や命を守ること、地球を守ることにも繋がる。水と共に生き、水を生かし、水に生かされるよりよい生活を、これからも考え続けていく。それがこれからの未来を作っていく僕達の使命かもしれない。

齋藤　理閃（りひと）（二本松市立二本松第一中学校１年）
二本松市教育長賞

恵みの雨

ここに黒い雨が降ったのか。私は、修学旅行で初めて広島の地に降り立った。原子爆弾が投下され、この広島の街に黒い雨が降ったのは、今から74年前のこと。今ではそんな姿を思い出させることがないくらい美しい街並みが広がっている。澄んだ空気が気持ちよく戦争が起こったことが嘘みたいだ。だけどここで何万人もの人たちの命が奪われた。感慨深い場所だ。

ちょうど修学旅行で原爆ドームを訪れた日も雨が降っていた。この雨が黒かったら、どんなに恐ろしいだろう。空を見あげながら私は恐怖に震え、考えるとぞっとした。当時、降り注いだ黒い雨には、放射能が混じっており、浴びると被爆してしまう。しかし、原子爆弾が爆発し、焼け野原となった広島では焼けただれた肌、暑い、のどが渇く、人々は水に飢えていた。その時に降った恵みの雨だった。放射能物質をたっぷりと含んだ大粒の黒い雨を飲んだ人、浴びた人は障害を負ってしまった。何の罪もない人々が次々と命を落とした。全然、恵みの雨なんかじゃなかった。

8月6日。夏休み中にテレビから流れる映像に釘付けになった。原爆投下から74年が経ち、平和を祈る式典の開催の様子が放送されていた。実際に平和記念公園を訪れた時に見た「平和の鐘」が響き渡っている。たくさんの慰霊碑が並んでいた景色を思い出しながら8時15分を迎え、私もそっと目を閉じた。そして、平和の世の中が続くよう、戦争なんて繰り返してはいけないと心の中で願った。核兵器や核廃絶を徹底して欲しいと強く願った。原爆資料館で見たこと、ホテルで聞いた被爆者の方からのお話。頭の中でぐるぐると悲惨で残酷な戦争の姿が私を襲った。もう二度と繰り返してはならない過ちだ。

夏休み、あと1週間ほどで学校が始まるというとき、私の住む葛尾村に雨が降った。夏休みなのに雨なんてつまらないなと思った。そして、また考えた。

黒い雨のことを。こうして、降る雨は、葛尾村の自然を豊かにする。山や草木がぐんぐん育つ。太陽を浴びてからからに乾いた土地が雨を求める。恵みの雨。その雨が人に被害を及ぼす雨だとしたら本当に怖い。ぽつぽつと降る雨を見ながら、広島のことを思い出す。今、こうして世界中に降る雨は恵みの雨ばかりではない。昨年、西日本に記録的な大雨が続き、土砂崩れや河川の氾濫が起きたことは記憶に新しい。浸水被害はテレビや新聞で見ていたが、とても痛ましかった。西日本豪雨では、多くの方々が亡くなった。そんなことも考えながら窓の外を眺めた。

世界中の人々が笑顔になれる雨がいいなと思える雨の日は、また考えてみよう。そして忘れてはいけないと強く思った。

伊藤　律貴（葛尾村立葛尾中学校３年）
葛尾村教育長賞

プラスチックについて考えたこと

今年も特に暑い夏がやって来て、自然にペットボトルを飲む機会が増えたのではないでしょうか。

そのプラスチックのゴミが、近年問題になっているのです。それは、２０５０年までには、世界中の魚の重さより、海の中のプラスチックごみの方が多くなるということです。そんな事にならないように今、世界各地でプラスチックのゴミを減らすため様々な対策を行っています。まず、日本ではプラスチックのレジ袋を２０２０年までに有料にすると6月3日に発表しました。僕はこの事についていいと思いました。僕は買い物に行ったときに1回だけエコバッグを持ってくるのを忘れてしまい、有料のレジ袋を入れてもらいました。その分3円でも何かにまわせたかもしれないので後悔しました。それから毎回マイバッグを忘れず持参したり箱に入れたりして買い物をするようになりました。

プラスチックは海だけでなく海の生き物にも大変な影響を与えます。海で生活するあらゆる生き物たちが餌とごみの区別がつかずに、間違えてプラスチックを飲み込んでしまって、誤飲、誤食をくり返すことで、胃などの消化器にごみがたまり続け、やがては餌が食べられずに死んでしまうのです。今までその理由は「プラスチックのごみの見た目」でしたが、米国科学振興協会のオープンアクセス誌に発表された研究者たちの調査によると、理由は、「見た目ではなく、におい」にあることが分かりました。おもに海中の藻類は、オキアミの餌となり、これを小魚や海鳥たちが食べるというのが海の生態系であります。この藻類から発せられる独特な匂いがあるそうです。ジメチルスフィド（ＤＭＳ）と呼ばれるこのにおいを頼りに、小魚や海鳥たちが集まってくるというわけなのですが、この藻類が繁殖するエリアに集まってくるのは、海鳥や小魚ばかりではありません。海をただようプラスチックごみです。藻類はこのごみに付着しさらに繁殖。ところが、藻類が死滅した後もＤＭＳのにおいだけは、ごみに付着したままとなる。つまりは、小魚も海鳥も、このにおいのトラップに引っかかってしまい、漂流するごみを餌と間違って口にしてしまう。これが研究者たちが導き出した答えです。僕は、とてもかわいそうだと思いました。人が何も思わず捨てたごみが海の生き物の事を苦しめ、死なせる原因になるのです。

僕はこのような事についてとてもかわいそうで、残念だと思いました。そして、このような事が少なくなるように僕も含めてリサイクルなどの意識を高めていこうではありませんか。少しでも海の生き物が何も気にすることなく暮らせるときを僕は願っています。

大坪　凌誠（りょうせい）（新地町立尚英中学校１年）
アポロ環境賞

「水は宝物」

私は今まで水質環境を考えたことはなかった。そのことを考えたきっかけは、２年前に学級全体で水質調査をし、テレビ局で番組制作をした経験による。

私達は、生き物たちが安全に暮らせる水質かどうか調査した。まず郡山市の行政が管理する安積疏水の水質を調べた。そこの水はとても綺麗で、生き物が多く暮らしていた水だった。アメンボが水面をすいすいっと這っていた。次に学校周辺の水を調査した。そこの水はとても汚く、網ですくっても、生物は見当たらない。まるで池が死んでいるようだった。その後、ＣＯＤという水質調査キットを使い、調査を行った。予想通り、悪い数値が出た。

これを機に、全国各地で水質調査を行った結果を調べてみた。まとめた結果をテレビ局に持参し、広く人々に水質汚染の問題を考えてもらいたいと思った。そのためには自分たちでどのように訴えかければ、視聴者が現状を理解し受け止めてくれるのかをみんなで考えた。何度も何度も、撮影の練習を重ねた。

そして当日、テレビ局で番組を収録した。私はこんなにも水質が汚染されていて、生き物が住めない状況にある川が、じつは日本にはたくさんあることを伝えた。川の生き物が住めなくなり、かわいそうだとも訴えかけた。人も生物も、水がないと生きられない。命の源である水の環境汚染をとめるためにも、人々の意識を変えていく必要があることを述べた。

例えば、ゴミのポイ捨てをしない、ビニールの買い物袋をもらわずに、マイバッグを持つなど。水質環境を守る方法は、考えるより難しいことではなく、一人一人の心がけ次第で簡単に出来るものだった。家庭では、洗剤を使いすぎないとか、油を流さないなど…。「こんな小さな活動でも、水の生き物を守ることができるのだから。みんなの力で水質環境を変えていきたい。」と、精一杯自分の言葉で伝えて、収録は終わった。

あれから２年。学校周辺の池の水は綺麗になった。

アメンボがすいすい泳いでいる。
まるで水の生き物たちの笑い声が聞こえてくるかのように…。

私たちは、蛇口をひねると当たり前のように水が流れてくるので、水の大切さについて忘れていたように思う。私たちの生活にも欠かせない水、限られた資源を大切にするため、小さな事から実践していきたい。

大谷 千咲姫（ちさき）
（郡山ザベリオ学園中学校1年）
弘済会福島支部長賞

2020年

うちの桃は世界一

「今年も桃ができたぞぉ」
「うちの桃はな、じいちゃんとばあちゃんが作ってるから、世界一の桃なんだぞぉ」

毎年聞こえてくるこの声の主は、桃農家のうちのじいちゃんだ。ばあちゃんの笑い声とセットだ。少しうるさいと思うくらい元気なこの声は、桃の季節になると必ず聞こえてくる。

僕は二人と一緒に暮らしている。僕達が住んでいるのは、「献上桃の郷」桑折町だ。献上桃というのは、皇室に献上している桃のこと。まとめると、桃の名産地ということになる。うちの桃が献上桃になっているかもしれないと考えると少し誇らしい。

桃がハイレベルなこの町で、なぜうちの桃が世界一と言えるのだろう？　うちの桃は確かに美味しい。だけど、世界一と言われると、世界一の桃って・・・？　と考え込んでしまう。桃を食べるたびに、世界一の桃の理由が気になる。「うちの桃が世界一である理由とは？」インタビュアーになって、じいちゃんに聞いてみることにした。

「はい、それはですね」

熱く熱く語ってくれた。少し熱すぎたため、ここでは要約をさせてもらうことにしよう。世界一の理由は水分管理にあるらしい。第一に、桃の気持ちになることが大切だと言う。

「今日は暑いから、桃たちも喉が渇いてるだろうなぁ」

確かにいつもこう言っている。桃も人間と同じで喉が渇くのだと教えてくれた。そして、水分管理は良い土づくりにもつながるそうだ。じいちゃんは土をベッドに例えた。

「ベッドが硬すぎても柔らかすぎても嫌だよな。ちょうどいいベッドを作るんだよ」

桃にとって土は大切。土の出来が桃の出来にもつながってくるそうだ。土を作るには水が欠かせない。桃にとって水は人間と同じくらい、またはそれ以上に大切なのだ。水がなければ生きていけない。水が少なくてもだめ、多くてもだめ。桃が今、どれくらいの水を欲しているかを考えてあげなければならないのだと思った。桃の気持ちを知り尽くし、難しい水分管理に自信を持つ二人は桃づくりのスペシャリストだ。そんな二人が作る桃だから世界一なんだと納得した。

感謝して立ち去ろうとした時、

「でもやっぱり、皆が美味しいよって言ってくれることが一番自信につながるかなぁ」

横からばあちゃんが言った。技術だけでなく、自信もまた、世界一美味しい桃づくりの秘訣なんだと知った。そして何より、僕の「美味しいよ」の一言が、自信につながっていることが嬉しかった。

二人が作る桃は一昨年、農協から優秀な桃だと認められ、賞を頂いた。

今年も桃の季節がやってきた。二人の元気な声と共に。

「美味しいよ」
と二人に自信をつけながら、僕は水々しい桃を食べる。
それも、世界一の桃を。

「東日本台風」について

齋藤　人和（とわ）（桑折町立醸芳中学校２年）
準ざぶん賞

私は去年、とても怖い経験をしました。それは「東日本台風」という恐ろしい台風です。東日本台風は、マリアナ諸島の東海で発生し、私が住んでいる福島県でも激しい雨が降りました。

私の家の近くには阿武隈川という大きな川が流れています。たくさんの自然や生き物がいるきれいな川ですが、雨が降ると様子が一変し、茶色ににごった川になってしまいます。雨があがった後、川を見てみると流れが速く、川へ吸いこまれそうになります。私が住んでいる渡利地区は川に囲まれています。そのため川が氾濫したら渡利地区には必ず水が流れ込んできます。私の家は五メートル浸水する地域になっています。

あの日はとても雨が強く、阿武隈川の氾濫危険水位を越えていました。何度も携帯のアラートが鳴り、私たちは心配でしたが体験したことのない事態に避難の判断が出来ず、夜まで家で静かにしていました。でも、雨もやむこともなく、夜中の避難は危ないと思い同じ渡利にある祖父母の家へ避難することにしました。祖父母の家は、川からはなれていたため、避難が可能でした。必要な荷物を準備していたので車につみました。母は「焦らなくて大丈夫」と言っていましたが、その時はとても焦っていたし、早く逃げないとという気持ちでいっぱいでした。玄関から車まで距離はないけれど、服も荷物もびしょびしょになり、体に雨の粒が当たり、痛いくらいでした。車の中に入ると車に雨が当たり、とても大きな音をたてていて、ワイパーも意味がないくらいでした。祖父母の家に着くともう九時を過ぎていました。避難に少し安心しました。でも、Ｊアラートがずっと鳴っていたので、夜もなかなか寝ることが出来ませんでした。その音を聞くたびに川があふれたり土砂災害が発生したのではないかと思い、とても怖かったです。翌日になり雨はやみ、警報などが少しずつ解除になりました。私たちの地域では大きな被害が出ず、安心しました。

阿武隈川の上流の郡山市や本宮市では、阿武隈川の堤防が決壊し氾濫しました。福島市は中流で、上流からの水がたくさん流れてきます。東日本台風では上流でたくさん降ったので、上流や中流で川が増水してしまい、川の地形によって、氾濫での被害が大きくなってしまいました。

私は、東日本台風を通して、初めての経験をしました。また、被害状況をまのあたりにして、自然災害は本当に怖いものだと思いました。自然災害はおさまってほしいと思っても、自分の力ではどうすることもできないからです。こういった災害はいつ起こるかわからないので災害にすぐ対応できるように、家族でもう一度話をしたいと思います。自分の役割を明確にし、命を守ることを一番に考えて行動できるようにしたいと心から思いました。

三浦　楓花（福島市立渡利中学校１年）
ざぶん環境賞

海に宿るもの

僕は、いや、僕達は水の星に生まれてきている。輝く海が命の源なら、あの震災も命の補給にすぎないのだろうか、目の前に広がる海を見ながら、さっきそこで買った飲み水を持ち、砂浜に腰をかけた。あの日僕らは失った、津波だ。高く波うちながら自分よりも大きなビルでさえのみこんでいく、走っても追いつかれる恐怖、幸い僕は救助されたが、人の命が失われていくのを僕はただ見つめているしかなかった。時おり、僕らの命を否定するかのように厳しさを見せる。海では魚が泳いでいる、僕が近づくと遠くの方へ逃げていった。「魚が命じたのかもしれない」とわけも分からない想像をしては、鼻で笑った。

空から雨が降ってきたので場所を海の家に変えた。雨で寒くなってきたのにかき氷を頼む事に意義があると僕は長年かき氷を頼み続けるかき氷マニアだ。かき氷ができるのを待つ間に宿題を済ませた。半分くらいやり終わったところでかき氷がきた。そういえば氷って水を固めたものだっけ、いろんな種類があって可能性がある水に感心した。でも、すぐ考えるのをやめた。可能性が感じられない自分がみすぼらしくなるからだ。夕暮れに染まる海にふと小さいころを思いだす。よく連れてきてもらったものだと、毎年ハワイに出向いては一週間朝から晩まで遊び、すいみん時間が三時間にもなった時もあった。きっと今も続いていたんだろう、あの日が来なければ。僕は明日学校があるからと家に帰る準備をし始めた。家へ帰る前にばあちゃん家から持ってきたお経の本を見ながら海へむかい唱える僕の毎日の習慣だ。そろそろ帰らないとおばに怒られそうだ。空っぽになったペットボトルを海に流そうとした、ところでやめた。最近プラスチックゴミが環境問題になっているのを思いだした。確かにそれで魚がいなくなってゆくのは嫌だ。魚は海に宿る命を運ぶ生き物と僕は思っている。僕は反省し帰った。「ただいま」「あぁ、帰ったのか」とおば。妹が泣き叫ぶ声が聞こえた。あの日からずっとこの調子だ。「ゔわぁぁん」毎日海に通うようになった僕とは別に妹は海が大嫌いだ。僕も海が嫌いじゃないという訳ではないが僕は海に母さんと父さんの命が宿っている気がする。あの日失われていった。震災で失われていった父さん、母さんの命が。でも妹は母さん父さんをさらっていった海を憎み嫌った。もはや飲み水もダメなようだ、だから僕が水を飲む時は別の場所で飲まなければならない。「海恵」妹がこちらを見た。「その名前で呼ばないで」海という言葉もダメらしい。「でも母さんと父さん…」「海なんて大ッッ嫌い」「母さんと父さんの命が宿っているんだよ海には。だから輝いてるんだ」僕は少し強い口調になった。本当はなぐさめようとしてたのに。「あの震災の日、海は母さんと父さんを殺した！　そうでしょ!!?　…お兄そのペットボトルは？　海に捨ててきなさいよ」「海を汚すな！　母さんと父さんが」僕と妹の目は涙目だった。

吉田　愛梨（福島市立第四中学校１年）
特別賞・うみまる福島賞

水が育む命

僕は今年の夏に、家族といっしょに魚釣りをしました。魚釣りをするために行った場所は釣り堀で、そこには鯉がいました。小さな金魚しか釣ったことのない僕は、鯉を見たときに、その大きさに驚きました。

「鯉に引っぱられて、水に落ちたら嫌だな」

とつぶやきながら、僕は魚釣りを始めました。ブンブン、ブンブンと青いトンボが周りを飛んでいました。そのとき僕は、この場所は自然がいっぱいだなと思いました。その直後、釣り堀の水の底から、大きな鯉が２匹姿を現しました。鯉が動くたび、円く水の波が出ました。鯉はどんどんこちらに近付いていき、僕の釣り竿の餌のすぐ近くまで来ました。すると僕は、うれしさのあまり、

「あっ、鯉が来た来た」

と大きめの声を出しました。するとその直後、鯉は

ボチャンと音を立て、すぐに遠くへ逃げてしまいました。そのとき僕は、自然の中で生きている生き物は警戒心が強いんだなと思いました。

　鯉が逃げて、少ししょんぼりしていた僕に、

「暑いから、休けいしようか」

とお母さんは言いました。僕は水を飲みながら、ぼんやりと周囲を眺めました。水の上では、気持ち良さそうにアメンボが水の上をすべっていました。草の上では、仲良く3匹のトンボが飛んでいました。

　さて、休けいが終わって魚釣りを再開しようとしたその時、遠くの方で、ボチャンという大きな音がしました。その場所を見てみると、水の泡が立っていて、周囲には水の波が出ていました。

「この近くにいるかもしれない」

　そう言いながら鯉を探して歩いていると、いままでより少し大きく感じられる鯉がいました。その鯉は仲間といるのではなく、1匹で、ゆっくりと泳いでいました。僕は早速、その鯉の近くに餌を垂らしました。今度はしくじらないように、僕は静かに待ちました。しばらく待っていると、僕の釣り竿の浮き印がクンクンとほんの少し動き、また止まりました。餌にかかったと思った僕は、釣り竿を引いてみました。結局、鯉はかかっていませんでした。僕は、

「くっそー。浮き印が動いたとき、すぐ引っぱっていればなあ」

と、とても悔しがりました。しかし、釣り針を見てみると、餌はなくなっていました。僕は、きっと鯉は餌を食べていたに違いないと思い、少しうれしくなりました。

　魚釣りの経験から僕は、豊かな水が、多くの生き物を育んでいると思いました。なぜかというと、僕たちが行った釣り堀には、魚だけでなく、様々な虫や植物が存在していたからです。水を大切にするということは、多くの生き物と共に生きていくことにつながるんだなと感じました。

高荒　真吾（福島市立渡利中学校2年）

福島市教育長賞

断水の日々

テレビから、台風が発生したというニュースが聞こえてきた。僕の脳裏に1年前のことがよみがえる。

約1年前の10月、僕の住んでいる町に台風が直撃した。大雨が発生し、たくさんの被害をうけた。その中でも僕たちの生活に一番影響をおよぼしたのが断水だ。大雨の影響で、ダムが許容範囲をこえてしまい、各家庭に水を送ることができなくなってしまったのだ。当初この断水は1カ月以上続くとみられていた。

僕は、人生の中で水が使えないという経験をしたことがなかった。そのためこの初めての経験で水がどれだけ大切な物なのか、水というものが僕たちの生活とどれだけ密接に関係しているのかということがよくわかった。僕たちの生活では、水道の蛇口をひねればきれいな水がでてくる。お風呂のスイッチを押せばお湯がたまってくる。トイレでもようをたしたあとスイッチを押せば自動で水が流れてくる。それらのすべてが僕の生活において、日常から非日常にかわってしまったのだ。

食事は、極力水を使わないように、洗い物を出さないようにラップや紙皿を使った。学校の給食でもパンや飲み物だけという日が何日も続いた。トイレの水もためてある水を用意して使った。お風呂にいたっては、鍋でお湯をわかし、その熱いお湯を水でわって我が家は、1人バケツ2はいで体を洗った。習慣というのはおそろしいもので、頭ではわかっているのに、僕は無意識に蛇口をひねってしまうこともあった。そして僕はきづくんだあ、水はでないんだったということに。

断水から10日たった日、その日はちょうど学校で学習発表会が行われていたときだった。学校の放送で先生が、

「今、断水がなおって水がでるようになりました」と放送でみんなに伝えた。体育館に集まっていた児童や保護者が、みんなで拍手をしてよろこんだ。僕

も家に帰って急いで蛇口をひねった。そこからは、水が流れおちてきた。そのとき水を見てうれしくなったことを今でもおぼえている。

この断水で父や母は、水を確保するために給水車の長い列にならび何度も重い水を運んでくれた。学校の先生たちもトイレの水を用意してくれたり、飲み水を配ってくれた。そしてなにより、1カ月もかかるとされていた断水の工事をがんばってくれた人たちには、とっても感謝している。僕は、この断水を通して、自分にとって、僕たちの生活にとって、いかに水というものが大切なのかあらためてにんしきすることができた。この経験を生かして、限りある水という資源を大切に守っていきたいと思う。

菅野　哲平（新地町立尚英中学校1年）

新地町教育長賞

「海」への思い

「きれいだなぁ。これが本物か」

地平線まで続く青が、太陽の光を反射してキラキラとゆれている。私の念願がかなった瞬間だった。

私の町は海に面していない。むしろ私は山で生まれ育ったこともあって、生活の中で海を感じることはなかった。興味もなかった。

しかし、それが変わったのには、二つ理由がある。

一つ目は、自分の名前の由来を調べる宿題が出たことだ。私は自分の名前に海という文字が入っていたのは知っていたが、その理由は知らなかった。

「私の名前、なんで海という字なの？」

と父に聞いた。父は、名前を考えていた当時を思い出したように、私を見てにっこりとほほ笑んだ。もったいぶる父の姿に、私はますます知りたくなった。

「海のように、大きく広い心をもって育ってほしいからだよ」

と父は言った。他の姉たちの名前には「海」という字は入っていない。なんだか、自分だけ特別な感じがして、私もにやけた。それで私は「海」に関心を持った。

二つ目は、祖父母とした約束だ。

私は姉妹の中で、祖父母に一番かわいがられ、祖父母と仲が良かった。

私が少しの間、入院することになった時、祖父母はすごく心配してくれた。病院の中は白くて静かで、毎日特に変化も無くてたいくつだった。けれど、私を励まそうと、祖父母が

「退院したら、3人で海に行こう!」

と誘ってくれた。私は嬉しかった。とても楽しみにしていたけれど、退院しても忙しくてなかなかその約束は果たせなかった。待てば待つほど私は「海」へ行きたくて仕方なかった。

それからだいたい一年半が過ぎた時、やっとその日が来た。

海に着くと、私は速足になって不思議と気持ちも体も海の方へ吸い寄せられる感じがした。

「これが本物の…」

目を閉じて深呼吸した。波の優しく打ち付ける音と、沖からの海風がすごく心地よかった。私は、両親が自分に思いを込めた「海」の姿をしばらく見ていた。

小さい頃に見た海とは違った。向こうまで続く広い海を見ていると、自分の悩みも、自分自身も小さく感じた。

「またいつか、ここに来たいな」

これから何十年先も、青くすき通ったキレイな「海」であり続けたい。

三浦 海桜（みお）（桜の聖母学院中学校1年）

和装いわき文化賞

人々を繋ぐ水

去年の秋、台風19号の影響により、私の住んでいる地域は断水し、10日ほど蛇口から水が出ませんでした。はじめは、何時間か経てば、水は出るだろう、と思っていました。しかし、河川の氾濫により浄水場が浸水してしまい、復旧が終わるまで水が出ないという状況になってしまいました。私は東日本大震災のときは福島県にはいなかったので、初めての経験でした。そして、水の大切さを痛感しました。

私は、学校が休校だったので、昼間は母と2人で給水所に行き、水をもらっていました。近所に給水車が来て、水をもらえるところがあったので、行ったのですが、そこには長蛇の列がありました。私は2時間ほど待ち、ようやく水をもらうことができました。しかし、せっかく並んでいたのに用事があって、水をもらえないと言っているおじいさんがいました。私と母、そして近くに並んでいた女性は、「私が水を入れて、家に届けますよ」と言いました。おじいさんは、最初は遠慮していたのですが、結局「水を入れて木の下に置いていただけませんか」と言ってくれました。一緒におじいさんを引き留めた女性は、その水が盗まれないように家から油性ペンとガムテープを持ってきて、容器におじいさんに名前と住所を書かせてあげていました。そのとき、私はこの女性の行動にとても心が温まりました。今日、会ったばかりの人にこんなに親切にできる人を初めて見たからです。また、私もそういった、気遣いができる人になりたいと強く思いました。

私は、今回の断水を通して驚かされたことがあります。それは、断水の被害を受けている人々に対する地域のサポート精神です。入浴料を割引したり、無料にしてくれたりしていただきました。ある美容室では、シャンプーを無料で行っていました。こういった、地域の助け合う姿に、とても感動しました。私の姉の友達の中には、「うちは水が出るから体操服を洗濯してあげるよ」と言ってくれる人もいました。洗濯するのも、お風呂に入るのも、家では出来ずにいた私たちにとって、とてもありがたいことでした。また、水なしでは、私たちは生活できないことを痛感しました。

　私はこの経験を通して、水の大切さと人々の優しさを知ることができました。出るのがあたり前だと思っていた水の重要性に気づくことができて良かったです。これからの将来、私は水を大切にする気持ちを忘れずに生きていきたいです。また、私たちを支援していただいた方々への恩返しを何かひとつでもしていきたいです。地域だけでなく、県外から給水に協力していただいた方々もいます。わざわざ私たちのために働いていただいた人々への感謝の気持ちを忘れずに生きていきたいです。そして、これから生まれてくる子どもたちに、蛇口から水が出ることは当たり前じゃないということを伝えていきたいです。

羽生　理歩（いわき市立草野中学校３年）
弘済会福島支部長賞

東日本大震災　小・中学生向き書籍

みあげれば がれきの上に こいのぼり…
地球人の交換日記（1）

山中 勉・編著／財団法人日本宇宙フォーラム・発行

東日本大震災を経験した宮城県の女川第一中学校の生徒が日本宇宙フォーラム「地球人の心ぷろじぇくと」に参加した。五・七・五調の一行詩に込められた彼らの素直な気持ちに、世界中から返句が寄せられた。

定価1,650円（税込）　ISBN978-4-902443-16-5

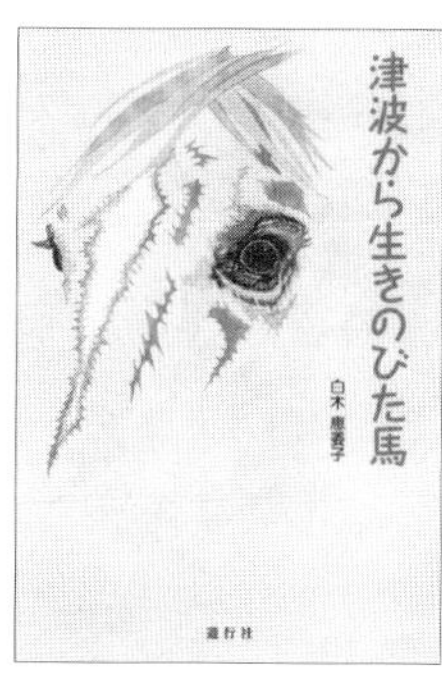

津波から生きのびた馬

白木 恵委子・著

東日本大震災の津波に飲み込まれた馬は、真っ黒な海の中で懸命に生き延びた。

傷ついた体で川辺にたどりついたものの、そこには原発事故による飼い主との別れが待っていた。

実話を題材にした本当のお話。（全ページルビ付き）

定価1,430円（税込）　ISBN978-4-902443-17-2

東日本大震災・福島の10年　小・中学生文集
ふくしまの子どもたち

2021年5月31日　第1刷発行

編　集　ゆめ・ざぶん賞福島実行委員会
協　力　ざぶん賞実行委員会
発行者　本間 千枝子
発行所　株式会社 遊行社

写　真　安田 和典
イラスト　浅見 麻耶

〒160-0008　東京都新宿区四谷三栄町5-5-1F
TEL　03-5361-3255　FAX　03-5361-1155
http://yugyosha.web.fc2.com/
印刷・製本　北日本印刷 株式会社

ISBN978-4-902443-57-8